祈祷師の娘

中脇初枝

ポプラ文庫ピュアフル

祈祷師の娘

わたしの最初の記憶はごく古いものだった。

その意味を求めておかあさんにたずねてみたら、自分が二つか、せいぜい三つのときのことだとわかった。

薄暗がりの中でわたしは母親を待っていた。まわりには影がうつろい、それは口をきく。

「もうすぐだからね。寝て待とうね。」

それでもわたしは、ひとりで待っている。

何度もくりかえされた情景らしい。見上げる柱時計の針はいつもちがうところを指していた。けれどこの記憶には続きがなかった。そのまま、お母さんは帰ってこないことになっている。

実際にお母さんは帰ってきた。そうして幼いわたしを抱きあげたはずだった。それなのにわたしの記憶をいくら探っても、お母さんとの対面場面は存在しない。わたしは、ただ、永遠に待っている。

奇妙なことにわたしの記憶の中のお母さんにはすべて顔がない。次の記憶はみつめるわたしに背をむけているし、その次の記憶は抱きしめられていて感触ばかりなのだ。

目がさめると祈祷所《きとうじょ》のほうから水の音がした。

急いで起きあがり、温もったパジャマを脱ぎすてると、寒さに身が縮んだ。鳥肌の立った体をさらしたまま、箪笥《たんす》の抽斗《ひきだし》をあける。白い襦袢《じゅばん》がきれいに折りたたんで何枚もしまってある。一番上のものをひっぱり出して袖を通す。腰紐をいいかげんに結びながら部屋をとびだす。

台所ではおかあさんが漬物を切っていた。廊下に裾を曳《ひ》く音にふりかえり、青白い顔でわらう。

「早かったなあ。すんだらごはんだからな。」

わたしもガラス戸越しに口許でわらいかえして台所を抜ける。玄関の三和土《たたき》に並べてあるゴム草履に足を入れる。ゴム草履は朝日に温められて柔らかくなっている。玄関の格子は昇ったばかりの日を浴びて一面に黄色く光っている。

格子を引くと明るさに似合わぬ冷気がおしよせてくる。庭にはうっすらと霜が降りている。それでも庭の隅の梅の木は、昨日よりたくさんの白い花をつけている。祈祷所の前の水道で、おとうさんが盥《たらい》に水をためている。

盥がいっぱいになるまでまだ少し間があるのはわかっていたけど、走りださずにはいられない。ゴム草履は和花《わか》ちゃんのものなのでわたしには大きく、一足ごとにぺしゃりぺしゃりと冷たい音がする。

おとうさんは右手で蛇口を握ったまま、中腰で、迸《ほとばし》る水の流れをみつめている。わたしはじっとなんかしていられない。襦袢は薄く、なにも着ていないのとかわらない。おとうさんの横で、ぴょんぴょん跳びはねながら、盥を満たしていく水を見る。白い水煙がもうもうと上がる。おとうさんはなにも言わない。わたしも黙って水煙の行方を追う。ああもうすこし、ベッドの中にいればよかった。一分もかからないくらいのこの時間を、毎朝わたしは惜しいと思う。

やがて盥の縁まで水がたまると、きゅっと鋭い音をたてておとうさんが蛇口をひねった。水の音がやんで、一斉に烏《からす》が鳴きはじめる。

わたしが手桶を渡してあげると、はじめておとうさんは口をひらいた。

「今日も寒いぞ。だいじょうぶか。」

わたしは半分だけうなずく。だいじょうぶかどうかなんて、やってみないとわからない。

「なんみょうほうれんげえきょう」

おとうさんはいつもだしぬけにお題目を唱えはじめる。あわせて唱えようとするわたしは、一回分だけ出遅れることになる。

「なんみょうほうれんげえきょう」

手桶に汲んだ水を、汲んだ勢いで頭からかける。勢いを失うとこの寒い中で水をかぶることはできない。冷たいかしらなんて一瞬でも思ってはいけない。息をとめて、全身の皮膚を甲羅のように固くする。でも水は、その容赦ない冷たさで、わたしの体をこなごなに砕く。まっしろい地面に散った水の一粒一粒が、今朝のわたしの体のかけらだ。

「なんみょうほうれんげえきょうなんみょうほうれんげえきょう」

わたしの声はだんだん甲高くなる。耳の奥できいんという音が響きはじめる。自分の声がその音にだんだん近づいていく。おとうさんの声は低いままだけど速くなる。その勢いでどんどん水を替える。わたしが一杯浴びるころには、おとうさんはざあざあざあと三杯浴びている。

盥の水がなくなると水行は終わる。おとうさんは空になった盥を羽目に立てかけ、手桶を重ねる。わたしは動けない。水に砕かれた体は動けない。お題目を唱えた唇さえ閉じられない。散らばった体のかけらをひろいあつめ、組みたてなおして、なんとか体を起こす。いったん動きだせば、あとはその勢いで走っていく。裏口から上がって風呂場でぬるい水を浴びる。体が冷えきっているのでいきなり熱い湯は浴びられない。あせって無茶をすると肌が赤く腫れあがり、猛烈なかゆみが襲ってくる。もどかしいほど少しずつ水温を上げていって体を温める。凍りついた体の芯が、深い溜息となってとけだす。

わたしがシャワーを浴びている間に、おとうさんはゆっくり歩いてきて、体を拭く。ぬるいシャワーも浴びず、わたしが浴室を出るころには着替えもすませて台所にいっている。わたしも急いで制服に着替えた。

おとうさんとおかあさんとわたしが食卓についたころ、ようやく和花ちゃんが寝ていた格好のままで起きてきた。まだ眠そうな青白い顔で、わたしの頬が赤いのをながめた。

「はるちゃん、また、水浴びたん……」

「和花ちゃんが寝てる間にとっくよ。今日もまだ霜が降りてたのに。」

わたしのかわりにおかあさんがわらいながらこたえてくれた。

去年の夏まではおかあさんとおとうさんがふたりで毎朝水行をしていたけど、おかあさんが夏の終わりに体調を崩してからは、わたしがおとうさんにつきあって水を浴びている。

「ほんとにえらいねえ……でもだからってあたしにまで期待しないでよ、おかあさん。」

「あんたに期待なんかしねえよ。はじめっから。」

そのとき祈祷所のガラス戸がひらかれる音がした。

「かいんどんのおばあちゃんじゃない？」

「今朝も早いなあ。」

離れの祈祷所には鬼子母神さまが祀《まつ》ってある。いつでも信者さんがおまいりできるよう鍵をかけていないので、熱心な信者さんは朝に昼にやってきては線香を上げる。

三軒むこうに住んでいるかいんどんのおばあちゃんは中でも熱心で、毎朝毎朝線香を上げにやってくる。けれど特別に鬼子母神さまを信仰しているわけじゃない。榎《えのき》の下の猿田彦《さるたひこ》さまにもおまいりしているし、辻の観音さまにも頭を下げているし、家ではお稲荷さまと井戸神さまと恵比須さまと大神宮さまと俵神さまに毎朝水を供えているらしいので、きっとお祀りすることそのものが好きなんだろう。

「おとうさん、今朝は新聞休みだよ。」

食事をすませてもまだ椅子にすわったままで、落ちつきなくあたりを見回しているおとうさんに、おかあさんが言った。おとうさんはぼんやりとおかあさんの顔を見たあとで、そうかとつぶやいて立ちあがった。

「おとうさん、新聞好きねえ。」

おとうさんが台所を出ていくのを見送りながら、和花ちゃんが言う。おかあさんがわらう。おかあさんはなにがあってもわらう。

「でもおとうさんはちっちゃいときから本を読まねえで」

「頭よくなさそうだもんね。」

「それがいいんだよ。いつだっておかあさんよりいい点とってきて、農家なんかすることねえのに、大学だっていけたのに、まじめだからな、おばあちゃんのあと継いでなあ。」

おとうさんとおかあさんは夫婦ではなく、実の兄妹だ。わたしより四つ上の和花ちゃんはおかあさんの実の娘だけど、わたしはおかあさんともおとうさんとも和花ちゃんとも血はつながっていない。わたしの実の父親はわたしが生まれてすぐに死んだという。実の母親はわたしをつれて今のおとうさんと結婚したけど、うまくいかなくて、まだ小さかったわたしをこの家に残したまま、どこかへ出ていってしまった。

時計がぽんと一つ打った。七時半の合図だ。和花ちゃんは急に話をやめて時計を見上げた。

「ああもう半じゃない。今日は早起きしたのに。」

「早起きしたってったって、七時じゃねえの。」

「もう朝ごはんいいや。バナナ持ってくよ。電車ん中で食べる。」

「色気ないなあ、あんた。いくつになるの。」

おかあさんと和花ちゃんはとても仲がいい。いつもなにか話してはわらっている。わたしは和花ちゃんみたいにうまく話せないし、おかあさんみたいにうまくわらえないので、黙ってにこにこしてふたりの話をきいている。

「じゃもう用意するから。はるちゃん気ぃつけていきなよ。」

わたしはお茶漬けをすすりながらうなずいた。和花ちゃんは本当にバナナを持って廊下を駆けていった。

「そうぞうしい子だなあ。」

おかあさんも立ちあがり、皿をかたづけはじめた。外からはおとうさんがトラックを出す音がきこえてくる。キャベツ畑にいくんだろう。

「昨日はるちゃんが手伝ってくれたから、ほとんどキャベツ出しちゃえたよ。日曜日だったのに、わるかったなあ。」

「わたし、暇だから。」

「ほんとに和花ちゃんももうちょっとはるちゃんぐらい落ちついてくれたらなあ。最近彼氏ができたかしらねえけど、いっつも家にいねえんだから。」

おかあさんは祈祷師だ。八年前に死んだおばあちゃんのあとを継ぎ、二代目になる。このあたりの人からはなんみょうさんともおがみやさんともよばれている。大抵祈祷所でお客さんをみているけど、地まつりなどでよばれて出かけていくこともある。おとうさんにも和花ちゃんにもその力があるのでおかあさんの仕事を手伝うことができるけど、わたしには全くなにもみえないので手伝えない。たまにおかあさんにサワリが出たときにもわたしは祓《はら》ってあげられない。わたしにできるのはキャベツを段ボール箱に詰めることぐらいだ。

「ごめんください。」

玄関の格子戸が引かれた。お客さんだ。

「はるちゃんごめんな。あとはひとりでしてな。」

おかあさんはエプロンを外しながら台所を出ていった。

わたしはお茶碗をかたづけてから金魚に餌をやった。花びらのようにひらひらした餌が、水面にぱあっとひろがって、ひとつずつゆっくりと沈んでいく。金魚はゆらゆらと体をゆらしながら大きな口を半分だけあけて、沈んでいく餌を水といっしょに吸いこむ。

金魚は四角い水槽の中で、酸素を出すプクプクともう八年も生きている。最初は小指の先ほどのまっかな金魚だったけど、体が大きくなるにつれて赤色も褪せていき、今ではひろげたてのひらくらいの大きさの、黄色いただの魚になってしまった。

八年前、香取《かとり》さまの夏祭りの夜だった。境内の両側に立ちならぶ夜店でこの金魚をすくいあげたときには、実の母もそばにいた。けれどそのときにはもうお母さんは荷造りをすませていた。おとうさんもそれを知って黙っていた。なにも知らないで浮かれていたのはわたしだけだった。夜が明けるとお母さんはいなくなっていた。それっきり、お母さんには会ってない。

「はるちゃん、あたしの紫色のゴム知らない？」

高校の制服に着替えた和花ちゃんが台所に顔を出した。

「知らない。それより和花ちゃん、遅刻じゃない？」

「ああもういいや。黒いのでいく。おかあさん駅まで送って。遅刻する。」

「おかあさん祈祷所。」

「お客さん？　だったらしかたないね。ああもういいや。今日は遅刻しよ……この前も遅刻だったけど。」

和花ちゃんが出ていくとあたりは静まりかえった。烏の声もやんでいる。祈祷所から、拝むおかあさんの声がかすかに響いてくる。水槽の中で、酸素の泡が生まれては、音をたてて割れていく。

わたしは水の中にそっと手を差しいれて、暴れる金魚をすくいあげ、向きを逆にしてもどした。

金魚は大きくなりすぎて、こうしてやらないと四角い水槽の中では自分で体の向きをかえることすらできない。ゆらりゆらりと重そうな体をゆらすだけだ。

香取さまの神殿は三年前に焼けてしまった。夏祭りもそれっきりになってしまった。

中学校は歩いて十五分ほどのところにある。途中に久美《くみ》ちゃんの家があるので寄っていく。

久美ちゃんの家はとても大きい。屋根の上には金色で伊勢屋《いせや》とかいてある。久美ちゃんの家の屋号だ。それでおとうさんもおかあさんも久美ちゃんのことを伊勢屋の久美ちゃんとよぶ。ときどきは表の久美ちゃんともよぶ。表というのはここらへんの土地を代表する家という意味らしい。

二階建ての家の屋根ほどの高さもある生垣《いけがき》に沿って歩き、庭に入ってから久美ちゃんとよぶ。すると大抵おばちゃんが出てきて、久美は髪をいじってんだよ、もうじきすむから待っててな、と言う。そのうえ久美ちゃんのかわりに謝ってくれる。

今日も久美ちゃんでなくおばちゃんが出てきた。

「毎朝ごめんな。もうじきすむから待っててな。」

わたしはうなずいて玄関の三和土に立った。もうそろそろ遅刻するなと思うころに、久美ちゃんがにこにこしてあらわれる。

「おはよう、はるちゃん。そしたらいこうか。」

久美ちゃんはどんなに人を待たせても謝ったことがない。

「もうじき遅刻だから、走んなきゃ。」

「走ったら髪がくずれそう。」

久美ちゃんのおさげの根は高かった。もともと走ることは考えてない髪型だった。

「そしたら学校で直せばいいよ。」

わたしは久美ちゃんを追いかけるようにしてうしろから走りだした。久美ちゃんもしかたなく走りだす。走りながらでも久美ちゃんはしゃべろうとする。

「はるちゃん、はるちゃん、よかったね。」

わたしが黙っているので久美ちゃんは息を切らせながらあとをつづける。

「昨日の席替え。山中《やまなか》くんととなりんなれて。」

「関係ないよ。」

「うそばっかり。そんなこと言うんだったらじゃまするよ。」

そうして明るいわらい声をたてた。

山中くんのとなりなんて緊張するな、と、つい言ってしまったのを久美ちゃんにきかれて、好きということにされてしまったけど、わたしはまだ好きというのがよくわからない。山中くんは頭がいいから、わたしがばかなのをわらわれそうで緊張すると言いたかったんだけど、そう説明しても、久美ちゃんには、要するに好きってことでしょとかたづけられてしまいそうで、なにも言えない。

「それにしても意外な趣味だね。」

久美ちゃんはくすくすわらいながら言う。

「頭がいいのが好きなのね。」

くりかえされているうちに好きなような気持になってくるのがふしぎだ。久美ちゃんが毎週のようにちがうひとを好きになっては大騒ぎするのも、こういう気持からきてるのかもしれない。

久美ちゃんがうれしそうなのでわたしも逆らわず、いっしょにうんうんとうなずいた。

山中くんは細長い顔をしている。席がとなりあっていて横顔しか見ることができないのでよけいにそう思う。

ふつう、席替えでとなりになったひとには、はじめによろしくくらい言うものなのに、山中くんはなにも言ってくれなかった。今朝、わたしが遅れて席に着いたときにも、おはようとも言ってくれなかった。

口をきかないだけじゃない。わたしはときどき山中くんのほうを見るのに、山中くんはちっともわたしのほうを見ない。わざとこちらを見ないようにしているのではと勘ぐりたくなるくらいだ。これだけ見てくれないと、意地でもこちらをむかせたくなってくる。

わたしは懸命に山中くんの横顔をみつめた。うちによく来るひかるちゃんが言うには、必死になって思っていれば、なんでも思いどおりになるものなんだそうだ。ひかるちゃんはその言葉どおり、こちらに背をむけているひとを声をかけないでふりむかせることができる。それだけじゃない。ひかるちゃんにはいろんなことができる。裏返して伏せたトランプの数字やマークをあてたり、蓋をしてある器の中のものがわかったりする。なんでもきれいに透けて見えてしまうんだそうだ。その他にも受話器を取る前にだれからの電話か言いあてたり、自分のいない場所で起こったことを知っていたりする。

ひかるちゃんのように見えないはずのものまで見えなくてもいいから、山中くんをこっちにむかせることだけできればいいのにと思って、ぼんやりと山中くんの白い横顔をながめていると、急にチャイムが鳴って授業が終わった。

「鶴見《つるみ》さん。」

教科書をしまおうとうつむいていたわたしは、顔を上げて声の主を探した。最後にとなりを見ると山中くんがこちらを見ている。

話したくても話しかけられないでいたわたしは、不意に山中くんと目があったことに動転して、授業中に指名されたような返事をしてしまった。

「はい。」

山中くんは能面のような顔でにこりともしないで冷たく言った。

「鶴見さんちって宗教なんだろ。」

わたしは突然の問いにすぐには返事ができず、山中くんの整った顔をみつめた。

「だからさ、宗教やって金稼いでんだろ。」

その言葉にあざけりの気持がこもっていることはわたしにでもわかった。けれどふしぎなことに怒りは湧いてこなかった。ただ、今までに経験のないたずねられかたにとまどってしまった。山中くんはこたえあぐねるわたしの様子を見て、なにがうれしいのかにやりとわらった。

「占いしたりして」

「占いはしないよ。」

わたしはやっとこたえることができた。占いはしないというのがおかあさんの口癖だった。

「占いしないであとなにするの。」

「お祓いとか……」

わたしの言葉に山中くんはふっと鼻先だけでわらった。それでも細長い顔が少し縮んだ。

「お祓い？　なに祓うの。」

「モノ……わるいものがついてるとサワリが出て苦しむから。」

「なにそれ。サワリ？」

「わたしよく知らない。できないから。おかあさんとかおとうさんにきいてよ。」

「そう。おれ、ずっと前からききたいって思ってたんだ。今度鶴見さんちいってもいい？」

「いいよ。」

わたしはおどろいていた。こうも早々と、親しく口をきけるようになるばかりか、家に来てもらえるようになるなんて思ってもいなかった。

「鶴見さんちって有名なんだよな。おれんちのあたりでもなんみょうさんなんみょうさんってみんな知ってんだもん。」

「山中くんちってどこ？」

山中くんの饒舌さにはげまされ、今度はわたしから言葉をかけた。

「鶴見さんちは二区《にく》だろ。おれんちは六区《ろっく》。桐木《きりのき》だから。」

「桐木？　じゃ団地？」

「そう。」

「じゃ歩いて通えないね。自転車で来てんだ。」

「そう。だからさ、ちょっとぐらい遅くなっても平気だからさ、今度帰りに寄らしてよ。」

「うち知ってんの？」

「いっしょに？」

「知らない。だからいっしょに。」

わたしは信じられない思いでくりかえした。

「うん。だいたいどこらへん？」

「香取さまの近く。」

「香取さまって？」

「前まで夏祭りがあったんだけど、知らない？　三年くらい前に焼けちゃった神社……」

「ああ、知ってる知ってる。だれか火ぃつけたんだろ。全部燃えちゃって……おれも小さいころに夏祭りいったことあるよ。」

「わたしなんて毎年いってた。和花ちゃんとふたりで浴衣着て。」

「和花ちゃんてだれ？」

山中くんの問いにわたしは口ごもった。調子にのってしゃべりすぎたことに顔が赤くなった。和花ちゃんは和花ちゃんだけど、山中くんの質問はそれ以上の答えを求めていた。わたしがいつも考えないでいたことを考えさせようとしていた。

「おねえちゃん……」

やっと形になった答えに、しかし山中くんはさして興味もないらしく、うなずきもしないで話をもどした。

「じゃ、いつがいいかな。おばさんはいつうちにいる？」

「いつもいるよ。」

「じゃ、今日は無理だけど、明日とか明後日とか、鶴見さんはいつがいい？」

「わたしはいつでも。」

「じゃ約束な。」

そのときチャイムが鳴って休み時間が終わった。あわただしく席に着くざわめきの中で、わたしと山中くんだけが音をたてずにいた。

家の生垣をめぐると、おかあさんのお経がきこえてきた。ものすごく速く唱えている。息も荒くなっている。

お祓いをしているらしい。お経は何種類もあって、お祓いのときにはお祓いのお経を唱える。わたしには唱えることはできないけど、きけばなんとなく、お祓いだな、とか、先祖供養だな、とわかる。水行のときもほんとは水行のお経があるそうだけど、わたしにはまだ早いといって教えてくれない。お題目だけ唱えている。

祈祷所の戸は閉《た》ててあった。中は見えないけど、きっとひかるちゃんのお祓いだろう。ひかるちゃんのママはひかるちゃんのサワリをはずかしがって、いつも人目につかないように気をつけている。

わたしは自分の部屋でおかあさんのお祓いをきいていた。おとうさんも和花ちゃんもまだ帰ってないらしい。家の中はしんとして祈祷所の様子が手に取るようにわかる。

さっきからおかあさんのお経しかきこえてこないということは、ひかるちゃんはもう落ちついているんだろう。ひかるちゃんのうめき声や、ひかるちゃんのママの泣き声をきかなくてすんでよかった。

ひかるちゃんは近所に住んでいる。ママは看護師さんでとてもきれいなひとだ。パパは市役所に勤めているらしいけどうちに来たことはない。

ひかるちゃんはもう十歳になるけど、まだ小学二年生だ。長い間学校にいけなくて二度も留年してしまった。最近になってようやく少しずつ通学しはじめたけど、それでも二日に一度は休んでるらしい。

ひかるちゃんがはじめてうちに来たときには、もう半分気がおかしくなりかけていた。言葉にならないうめき声を上げて祈祷所の座敷を転がり、抱きかかえようとする母親を蹴りとばした。

おかあさんが拝みはじめてようやく静かになり、口の中でなにやらもぐもぐ言うだけになった。おかあさんは木剣を出してきて、鋭い掛声を上げながら何度も祓った。ひかるちゃんが正気に返るまでには長い時間がかかった。銀杏《いちょう》の葉がぱらぱらと散るころだったのに、おかあさんは顔を赤くしてびっしょり汗をかいていた。

すべてのサワリが落ちたひかるちゃんはぐったりしてはいたけど、あたりまえに話したりわらったりできるようになった。ひかるちゃんのママは涙を流して喜んで、ひかるちゃんをうしろから抱きかかえるようにしてつれかえった。

その次の日の午後、ひかるちゃんはまたうちに来た。前日と全く同じ状態だった。おかあさんは同じくらいの長い時間をかけて、ひかるちゃんについているたくさんの霊を祓った。

「なんでこんなことが起こるんですか？　今までいっぺんもなかったのに。」

ひかるちゃんのママは苦しそうに息をしているひかるちゃんを腕の中に、おとうさんにきいた。おとうさんはうつむいたまま、低い声で言った。

「ひかるちゃんはほかのひとよりもずっと優しくて純粋すぎるんですよ。だから苦しんでるものを道端で全部拾ってきてしまうんです。一度こうなってしまってはもうあとはひかるちゃんの力の強さにかけるしかないんですよ。」

「そんなこと言われたってひかるにはなんも関係ないのに……」

「精一杯わたしらでお手伝いさせてもらいますから。こうやってひとつひとつ祓っていくしか方法はないですけど、くりかえし祓うことで抵抗力も生まれますから。」

それから何日もしないうちに、またひかるちゃんはやってきた。おかあさんが何度お祓いしても、ひかるちゃんはあちこちでいろいろなサワリをしょってきてしまった。

ひどいときには朝祓って、それから家に帰る途中で拾ってしまったものをもう一度祓うということもあった。おかあさんもひかるちゃんもひかるちゃんのママも必死だった。めずらしくいってみた小学校で暴れだし、祈祷所につれてくることもできなくなって、おかあさんが木剣を持って小学校に出かけていったこともあった。そういう状態は半年以上もつづいた。

わたしにはおかあさんの努力も忍耐も、みんなむだなことのように思えた。最初からあきらめてしまったほうが、そもそも期待なんかしないほうが、ずっと楽になるにちがいない。

祈祷はおかあさんしかできないので、おかあさんが出かけているときにひかるちゃんがやってきたら、おとうさんや和花ちゃんがお題目を唱えて少しでも楽にしてあげようとしていた。実際、おとうさんや和花ちゃんが、暴れて苦しがるひかるちゃんに手を触れ、お題目を唱えてあげると、いくらかは静かになった。額に汗をにじませて小さな体を震わせてはいても、座敷を転げまわったり、怪しげなうめき声を上げたりはしなくなった。

夏休みだった。おとうさんとおかあさんは隣町まで地まつりに出かけ、和花ちゃんは補習を受けに学校へいっていた。静かで蒸し暑い昼下がりで、わたしは姥目樫《うばめがし》の生垣の陰にござを敷いて昼寝をしていた。

そこに暴れるひかるちゃんをつれたひかるちゃんのママがやってきた。すぐにおかあさんとおとうさんに連絡を取ったけど、隣町から帰ってくるのに三十分はかかる。電話を切って祈祷所にもどってみると、座敷でひかるちゃんは短い手足をちぎればかりにふってもだえ苦しんでいた。

「もうすぐおばちゃんが来てくれるからね。」

ひかるちゃんのママは必死でひかるちゃんに言葉をかけつづけていたけど、白目を剝いて涎《よだれ》をたらして暴れるひかるちゃんにはなにを言ってもきこえていないようだった。わたしはひかるちゃんがこのまま死んでしまうんじゃないかと怖くなった。何度祓っても同じことだという考えはまちがっていることを知った。少なくとも一度祓ってあげれば、ほかのサワリをしょってくるまでの間、ひかるちゃんは苦しまなくてすむ。

わたしはそれまで祈祷の手伝いはしたことがなかった。いつも遠巻きに見ていただけなので正しいやり方も知らなかった。けれど祈祷師の家の人間として、苦しむひかるちゃんを放ってはおけなかった。

わたしは汗に冷たいひかるちゃんの額を両手でおさえた。ひかるちゃんは両手両足をふりまわして抵抗し、わたしの手はふりはらわれた。それでもわたしは手をのばした。ふりはらわれては手をのばし、手をのばしてはふりはらわれた。わたしはそれをくりかえしながら懸命にお題目を唱えた。けれどひかるちゃんは暴れつづけた。わたしには涙を流す余裕さえなかった。もう自分がなにを言っているのかわからないほど、何度も何度もお題目をくりかえした。

そこにおかあさんとおとうさんが走りこんできた。おかあさんがひかるちゃんの手を握っただけで痙攣《けいれん》はやんだ。畳の上にぐったりと横たわるひかるちゃんの唇にはじきに色がもどってきた。目の色ももどり、おかあさんを見た。

ひかるちゃんのママは、木剣をふるうおかあさんに手をあわせていた。三十分もしないうちにひかるちゃんは元にもどり、ママにつれられて帰っていった。

わたしはそのときはじめて自分がなんの力も持っていないことを知った。

血のつながりはないとはいえ、おとうさんおかあさんおねえさんと思って慕ってきたひとたちの持つ力が、自分にだけ備わっていないなんて考えたこともなかった。そしてなにより、苦しむひかるちゃんを助けてあげられなかった自分を情けなく思った。暴れるひかるちゃんの、つっぱった小さな手を忘れられなかった。

なかなか沈まない日の光を避けて、猿田彦さまの榎の陰にかくれ、だれにも知られないように声をたてないで泣いた。夕方の風に吹かれる葉の間で蜩《ひぐらし》も啼《な》いていた。もう一年も前なのに、そのときのことを思いだすと胸が苦しくなる。

お経がやんだ。わたしは色鉛筆とぬりえを持って祈祷所に下りていった。つかれきったひかるちゃんと遊んで、気をひきたててあげるために。

理科の実験でかえるの解剖をすることになった。朝から実験のことでみんなの頭はいっぱいだ。理科室にかえるが運びこまれてるとだれかが言いだして、理科室の前の廊下は大騒ぎだった。

「あたし、絶対、できない。」

久美ちゃんは学校にいく道で五回もそう言った。学校についてからは休み時間のたびにくりかえした。

「かえるなんて、絶対、さわれない。絶対、絶対、やらない。」

わたしも気持よくは思えなかったけど、久美ちゃんが言うほどじゃなかった。幼稚園のころは、ふたりでたんぼであまがえるをつかまえて遊んでたのに、と思うと、いつの間にそんなにかえるがきらいになってしまったのかふしぎだった。

五時間目、理科の時間はとなりの二組と合同授業だった。八人くらいで一つの机にむかった。久美ちゃんは教室に入るころからもうまっさおな顔をして、ずっとわたしの制服の袖をにぎっていた。

かえるはガラスの瓶に入れられて配られた。ひとつの机に一匹ずつだった。先生が台とメスの説明をはじめたとき、久美ちゃんが、いきなりわたしのほうへ倒れてきた。丸椅子に腰掛けてただけだったから、わたしまで倒れてしまった。久美ちゃんの体の下敷きになって床にたたきつけられた。悲鳴が上がり、立ちあがるひともいて騒がしくなった。先生が気を失った久美ちゃんを保健室におんぶしていった。

「なにあれ。わざとらしいよね、倒れるなんて。」

二組の女の子がとなりの子にささやいていた。

「いかにもかよわいって感じでさ。」

「男子がちやほやするから調子にのるんだよ。」

「はるちゃんだいじょうぶだった？」

同じ班の京子《きょうこ》ちゃんが声をかけてくれた。もろに床にあたった肩はしびれていた。

「はるちゃんのほうが痛そうだったよ。」

「だいじょうぶだよ。」

先生がもどってきて実験ははじめられた。久美ちゃんはもどってこなかった。

かえるの解剖が終わって器具のかたづけをしていると、二組の名前も知らない男の子が声をかけてきた。

「これ、滝本《たきもと》さんに渡して。」

差しだしてきたのは四つ折りにした紙切れだった。小さくうなずいて、すぐスカートのポケットに入れた。なにがかいてあるかはわかってる。

保健室にいくと、久美ちゃんはまだ横になっていた。わたしがカーテンをあけると、ベッドの上に起きあがった。

「実験すんだ？」

「うん。」

「やったの？　はるちゃん。」

「うん。」

「信じられない。よく平気だね。」

「平気じゃないけど。」

わたしはポケットから紙切れを出して渡した。久美ちゃんの顔がぱっと明るくなった。

「兵頭《ひょうどう》くんから？」

言いながらさっと読むと、シーツの上に放りだした。

「なんだ、兵頭くんからかと思った。この子嫌いよ。にきびだらけなんだもん。」

久美ちゃんはまた横になった。

「次も寝てる。帰りに寄って。いっしょに帰ろ。」

久美ちゃんはにこっとわらって手をふった。シーツにもぐりこむとき、紙切れが床に落ちた。

教室にもどると、わたしの席まで兵頭くんが来て、紙切れを差しだした。

「これ、久美ちゃんに。」

兵頭くんの声は小さかった。山中くんが、わたしがスカートのポケットに紙切れをしまうのをみつめていた。

「意外。もてるんだね。」

「久美ちゃんあてだよ。」

このポケットにわたしあての紙切れが入ったことは一度もなかった。


学校からもどると、祈祷所は近所のひとたちでにぎわっていた。うちには門というものがなく、おとうさんの軽トラックが出入りできる広さに生垣を切ってあるだけだし、祈祷所のガラス戸はいつも信者さんのためにあけてあるので、ときどき近所のおばさんたちの集会所になる。とくに今日のような小雨の降る昼下がりには、だれが誘うともなくそれぞれが茶菓子を手に集まってきて、話の輪ができあがる。庭を横切りながら中をうかがうと、座の中心にいたおかあさんが、わたしの黄色い傘に気づいて顔を上げた。

「おかえり。早かったなあ。」

「ただいま。」

談笑していたひとたちも、笑いを残したままの顔でこちらをふりかえった。

「まあ、はるちゃん、おかえり。」

「ぬれなかった、はるちゃん?」

「おかえり、はるちゃん。」

「はるちゃんもおいでよ。お菓子あるよ。」

見慣れた近所のおばさんたちは、お菓子に喜ぶほど、わたしのことをまだこどもだと思っている。

わたしは口許だけでわらって、あけっぱなしのガラス戸の前を通りすぎた。わらい声がうしろになる。

玄関には和花ちゃんの靴があった。わたしより先に帰ってるなんて近ごろめずらしいと思いながら、家の奥にむかって声をかけた。

「ただいまあ。」

「おかえりい。」

明るい和花ちゃんの声は二階の部屋からでもよくひびく。廊下を通りながら部屋の中をのぞきこむ。和花ちゃんは机にむかっていた。

「今日は早いね。」

「明日数学のテストがあるの。四十二頁《ページ》もあるんだよ、範囲。信じられない。」

わたしはたいへんだねという気持でわらってみせた。

「祈祷所集まってたでしょ。すごいんだ、あのげははわらい。一番うるさいのがおかあさんなんだもん、腹立てるに立てられなくてさ。」

和花ちゃんが言う端から、祈祷所からのわらい声が重なってくる。たしかに、一番大きいわらい声はおかあさんのものだ。おかあさんはほんとうにげらげらわらう。先《せん》達《だつ》さんとよばれることもあるのに、いわゆる教祖とか、宗教的指導者にあるまじき振舞いだ。

「みんな気楽だよな。お茶のんでおしゃべりしてさ、ひるまっから。あたしもはやくおばさんになりたい。」

「でもみんな試験とかしておばさんになったんじゃないの?」

「でも台《だい》の内《うち》のおばさんなんて小学校しか出てないって言ってたじゃない。」

「だっけ？　でも小学校でも試験あるから。」

「ないよ、こんなむずかしいの。これで来年受験だと思うと死にたくなる。ね、ちょっとはるちゃん教えてよ。」

「無理だよ。それより試験になにが出るかわかんないの？　よくばば抜きとかでばばあてるじゃない。」

「トランプあてるのとはぜんぜん違うよ。よっぽど調子よくないとそういうのもできないし。ねえ、ほんと、はるちゃん教えてよ。」

「わたし中一だよ？　それにわたし今から金魚の水替えるから。」

わたしは一週間おきの月曜日ごとに金魚の水を替えることにしていた。そのために日曜日のうちにバケツに水道の水をためておいてある。こういう几帳面さは和花ちゃんにはないものだった。だからわたしは試験の前日にあせったこともない。成績がいいわけでは決してないけど、やるだけのことはやりつくして試験にむかう。

「じゃあ手伝おうか。」

「手伝ったことないくせに。」

「遠慮してんだよ。あれははるちゃんの金魚だから。手出さないの。」

「遠慮？　和花ちゃんが？」

「あたし遠慮深いの知ってるでしょ。」

和花ちゃんは立ちあがった。目前の数学から逃れようとしていることはみえみえだった。わたしはそれでもうれしかった。八年間、金魚の水替えをだれにも手伝ってもらったことがなかった。

「ちょっと待ってて。着替えるから。」

わたしは部屋に駆けこんで急いで部屋着に着替え、台所に下りた。カップボードの上に水槽はなかった。和花ちゃんが早々と運びだしてしまったらしい。祈祷所のほうから和花ちゃんの声がしてくる。わたしは汲みおいておいた水のバケツを祈祷所の前の水道まで運んだ。和花ちゃんは金魚の水槽を足許に、縁側に肘をついて祈祷所の中のおばさんたちと話しこんでいる。

「和花ちゃんはほんとに和美《かずみ》さんに似てきたなあ。ほら、あの写真によく似てるわ。」

和美さんとは死んだおばあちゃんのことだ。

「年も似てきたしなあ。」

祈祷所の壁にかけてある写真の中のおばあちゃんは二十歳《はたち》そこそこだった。

「ええ？　似てないよ。やだなあたしそんなに太ってるかなあ。」

和花ちゃんは集まるひとたちの話の輪に入るだけでなく、たやすくその中心になることができる。わたしは和花ちゃんの足許にしゃがんで、水槽の水ごと、金魚を空いているバケツにうつした。和花ちゃんはすぐに気づいてくれてわたしのとなりに並んでしゃがみこんだ。

「なにしてんだ？」

地蔵山《じぞうやま》のおばさんがきいた。

「金魚の水替えてんだよ。」

「ああ、はるちゃんの金魚か。大きくなったなあ。」

「鯉みてえだなあ。」

おばさんは縁側から顔を出してバケツの中をのぞきこんだ。バケツは水槽よりも小さいので、金魚の体はバケツの形にそって曲がっていた。

「そういえば、春子《はるこ》さんは元気かねえ。」

ふと思いだしたらしく、さじべえどんのおばさんがつぶやいた。春子さんというのはわたしの実のお母さんの名前だ。わたしの春永《はるなが》という名前はお母さんから一字もらったものだった。二年近くこの家に暮らしたので、近所のひとはみんなおぼえている。

「きれいなひとだったなあ、あのひとは。」

「和《かず》さんとお似合いだったのになあ。」

おばさんたちはわたしの前でもはばからず母の話をする。そういうひとたちだった。わたしはだれとも目があわないようにうつむいたまま、水槽の中をごしごしこすった。

「和さんは今日は。」

「組合いってるよ。」

「そうか。今日は組合だったなあ。」

「和さんは再婚しねえのかなあ。」

台の内のおばさんがだれに言うともなく言った。金魚のプクプクを洗っていた和花ちゃんがさっと顔を上げた。

「おとうさんはしねえよ。」

石油ストーブを背中に、おかあさんがきっぱりと言った。わたしと和花ちゃんが見上げると、おかあさんは顔をゆるめて冗談めかした。

「もうそんな歳じゃねえもん。」

「そうかねえ。」

「まああんたたちは昔っから仲がよかったからな。」

「そうでもねえけど。」

近所のおばさんたちはおかあさんとおとうさんの小さいころのことだって知っている。中にはおばあちゃんの小さいころのことさえおぼえているひともいる。

「だって和子《かずこ》さんだってまだまだいけるでしょ。」

このごろお嫁にきたとうでんどんのおばさんが言った。わたしには彼女はおかあさんと同じくらいの歳に見える。

「よしさんとはちがうよ。もう今さら」

わらいだすおかあさんの言葉じりを追って和花ちゃんがきつく言う。

「やめてよその歳で。せめてあたしのあとにしてよね。」

「いっしょにすれば。」

とうでんどんのおばさんがわらう。

「ついでにはるちゃんも。」

「冗談じゃないよ、はるちゃんだっていい迷惑だよね。」

和花ちゃんはわたしの背中をたたいた。たたかれた勢いでうなずく。

「まああんたたち兄妹はめぐまれてるよ。和花ちゃんもはるちゃんもいい子に育って。」

おとうさんと同級だったさじべえどんのおばさんが言った。

「それは鬼子母神さまのおかげだわ。」

おかあさんがすかさず言った。みんなが手を打ってわらいだしたところで和花ちゃんがつぶやいた。

「鬼子母神さまって、勉強にも御利益《ごりやく》あるかなあ。」

「あんたまたそんなこと言って。」

わたしはようやくはればれとわらった。


夕食の後、食器を下げた食卓で、かえるの解剖のレポートをかいていると、和花ちゃんがのぞきこんできた。

「かえるの解剖やったんだ。」

「これかえるってわかる？」

わたしのかいたかえるの絵は四本足のひとでのようだった。

「わかるよ。なんとなく。」

和花ちゃんは試験があるというのに食器を洗ったりテレビを見たりして、なかなか部屋に上がらない。

「あたしやったときはたいへんだったよ。」

和花ちゃんは椅子の背にもたれて足を組んだ。

「かえるの声がきこえてさ、逃がそうと必死になっちゃって、びんをひっくりかえしてまわって、先生におさえつけられて」

「学校によびだされたもんな。」

おかあさんも口をはさんだ。

「かえるがついちゃって、あれ、どうしたんだっけ。うちで祓った？　学校で祓った？」

「保健室で祓ったんだよ。おかげで一気に有名人になっちゃって。」

「よくいじめられなかったな。おかあさんはよくいじめられたけど。」

「でもおとうさんが助けてくれたんでしょ。」

「そうそう。今はあんなだけどけんかっぱやくてな。」

おとうさんは組合の飲み会でまだ帰ってなかった。帰ってたらはずかしがって席を立ってただろう。

「あたしは人気者だからね。」

和花ちゃんが言うとなぜだかちっともいやみじゃない。

「あのあとみんながうち来てたいへんだったじゃん。おかあさんに占いしてもらうってさ。」

「そうそう。女の子がな。あたしの将来は、とか、好きなひとと両思いになれるか、とか。」

「おかあさんが怒ってね、あたしは占いはしないって。そんなことにきゅうきゅうする前に神さまに恥じない生き方をしてるかどうか考えろって。」

「いじめられなかった？」

「だいじょうぶだよ。親にもしかられたことない子がいてさ、おばさんの言葉に感動したとか言ってたよ。」

「そういえばあのあと男の子も来たんだよ。」

「男の子？　占いしに？」

「ちがうちがう。へんな夢をみるっつって。守谷《もりや》の西洋やしきのがついてたんだよ。」

「なにそれ、知らないよ。」

「そんときは同じクラスだったからなあ、あんたには言わないほうがいいと思って。おかあさんもう名前は忘れちゃった。背の低い子だったよ。髪がちぢれてて。」

「だれだろ。祓ってあげたの？」

「それがその子はよかったんだけど、その子のお兄ちゃんがなあ。いっしょに肝試しにいったらしいんだよ。お兄ちゃんのほうはもろについちゃって、毎晩バイクで走りまわってんの。霊がいけいけって言うもんだから。」

守谷の西洋やしきはただのひとの住まない一軒家だけど、おばけがいると言われている。和花ちゃんもおかあさんも霊のたまり場になってると近づかない。

「結局事故してね、病院に祓いにいったら骨折した足についてる。しがみついてんだよ。やだなあ、ああいうのは。」

「はるちゃんはだいじょうぶだったの？」

「なにが？」

「かえるの解剖だよ。声しなかった？」

「わたしはなにも。久美ちゃんは実験の前に倒れちゃったけど。」

「表の久美ちゃんは朝礼とかでもしょっちゅう倒れてたよね。」

「小学校のときね。今もよく倒れるよ。」

「はるちゃんはささえ役だね。」

「今日はいっしょに倒れちゃった。」

「でもよかった。なにもなくて。」

「あたしはもうやだわ。あんな声思いだしたくもない。」

思いだしたくないのは数学の試験なんだろうな、と思ったけど言わなかった。お茶を三杯飲んでようやく和花ちゃんは部屋に上がった。


今日は久美ちゃんは貧血をおこした。

三時間目の途中で気分がわるいと言って保健室へいった。もともと白い顔が青くなって、すきとおるようだった。

「兵頭くん、心配してるかな。」

久美ちゃんはベッドの上でつぶやいた。貧血のふりだった。血を下げれば顔が青くなるのよ、と、こっそり教えてくれたことがあったけど、まだわたしは自分の血を下げたことがない。

久美ちゃんは好きなひとができるとすぐにこうやって気をひこうとする。ふしぎなのはひかれる男の子が必ずいることだ。狙いとは別の子がひかれてくることもあるけど。

兵頭くんは久美ちゃんの狙いどおり、また手紙を渡してきた。スカートのポケットに入れて保健室にもどろうとしたら、同じクラスの恵子《けいこ》ちゃんによびとめられた。

「久美ちゃんあて？　その手紙。」

わたしが返事をまよっていると、ゆりちゃんまで出てきた。

「はるちゃん知ってるの？　兵頭くんゆりちゃんとつきあってるんだよ。」

またかと思った。わざとなんだかわざとじゃないんだか、久美ちゃんはしょっちゅうひとの好きなひとを好きになった。そして大抵横取りしてしまった。

「はるちゃんは知らないよ。久美ちゃんにだまされてるだけだよ。」

ゆりちゃんが言った。

「ひどいよね、また貧血とか言って。」

「なんか、生理みたい。」

わたしはいいわけがましくつぶやいた。ゆりちゃんは気の毒そうにわたしを見た。

「かわいそう、はるちゃん。はるちゃんいいひとなのに。」

「なんではるちゃん久美ちゃんなんかとつきあってんの?」

ときどききかれるこの問いにわたしはこたえたことがない。今日もこたえられなかった。

「無理しないでね。あたしたちみんなはるちゃんの味方だから。」

「幼なじみなんて、かわいそうね。」

「あたしだったら一週間で絶交してる。」

わたしはふたりの言葉にかわるがわるうなずいた。

久美ちゃんは給食を食べずに早退してしまった。

いつもふたりで帰る道を、さそわれて四、五人でにぎやかに帰った。

「いっつもはるちゃん久美ちゃんといっしょなんだもん。」

「離してくれないんでしょ、たいへんだね。」

「たまにはあたしたちと帰ろうね。」

久美ちゃんとちがって、みんなはいろんな話をした。でも、久美ちゃんと同じで、みんなそれぞれ好きなひとがいた。

「はるちゃんの好きなひとは?」

好きなひといる?　とはだれも言わなかった。好きなひとがいるのがあたりまえだった。わたしが困っていると、うしろの席のたえちゃんがわらいだした。

「知ってるよ、はるちゃん、山中くんが好きでしょ。」

恵子ちゃんがわあっと声を上げた。

「ほんと?　はるちゃん、ああいうのが好み?」

「いつも山中くんのほう見てるもんね。」

「頭いいのがいいんだ。」

ちがうとはとても言えなかった。それに、いっしょになって騒いでいるほうがおもしろかった。さかんに応援してくれた。

酒屋の信号でみんなと別れて、香取さまの焼け跡まで来ると、不意にうしろから名前をよばれた。

「はるちゃん。」

香取さまの境内の、焼け残った篠懸《すずかけ》の木の下にひかるちゃんが立っていた。

「おかえりはるちゃん。」

ひかるちゃんはにこにこわらいながら駆けよってきた。

「はるちゃん今日いいことあったなあ。」

「わかんの？」

「わかるよ。よかったなあ。」

「みんなおもしろいの。それで、どう思う？　山中くん。」

「あたしの好きなタイプじゃないなあ。」

ひかるちゃんはくすくすわらった。

ひかるちゃんには身近なひとなら大抵のことがわかってしまう。離れていても、そのひとがなにをしているのかみえてしまう。だからひかるちゃんには今日こんなことがあったよなんていちいち話してきかせたりはしない。ひかるちゃんもいちいちきいてこない。おかげでひかるちゃんと話すのはとても楽だ。

「ひかるちゃん、うち来んの？」

「ううん。今日はいかない。今日はね、学校いったんだよ。」

「へえ。えらかったなあ。」

わたしは心からひかるちゃんをほめてあげた。

ひかるちゃんはものごころついたときから霊がみえていた。小学校に上がる前に、自分だけ、ほかのひとにはみえないものがみえていることを知ってこわくなり、外へ出られなくなった。無理に外出すると、途中で会う霊にたかられて、具合がわるくなった。おかあさんにお祓いしてもらうようになって、少しずつ外へ出られるようになったけど、今もひかるちゃんにはいろんなものがみえているはず。こわくてたまらないはずだった。

「ひかるちゃんちいこうか。」

　わたしはひかるちゃんの手を取った。ひかるちゃんの家の中なら安心だ。二年前に死んだ犬の霊しかいない。わたしにはなにもみえないけど、おかあさんはそう言ってた。

「じゃあアンパンマン見よう。」

　ひかるちゃんは立ちあがった。

「いちご食べていいって、ママが。いっしょに食べようね。」

　ひかるちゃんのおさげはぴょんぴょんはねた。

　ひかるちゃんといちごを食べながらアンパンマンを見ていると、ひかるちゃんのママが帰ってきた。

「おじゃましてます。」

　わたしの顔を見てママの顔はさっとくもった。

「ひかるが、またなにか……。」

「ちがいます。迎えにきてくれて。」

　ひかるちゃんはわたしがなにをしているのかをみるのが一番好きで、なにかあったら必ず走ってきて、慰めてくれたり、いっしょにわらって喜んでくれたりする。今日もひかるちゃんはわたしを待っていてくれたんだった。

「学校もいったんだよね、ひかるちゃん。」

ママはようやくほっとしたようでわたしに頭を下げた。

「いつもありがとう。」

「いいえ、じゃ、帰ります。」

「もう帰るの？」

言いながらもひかるちゃんはテレビの前から動かなかった。アンパンマンはくたびれて、ばいきんまんにやられてしまいそうだった。そこへジャムおじさんが新しいあんパンを持ってきた。

「ねえ、今日、たんぼ歩いてたひと、こんなだったよ。自分の頭、手で持ってた。」

「ひかるっ」

「ほんとだよ、髪が長くて」

「そういうこと言っちゃだめでしょっ」

わたしはきこえなかったふりをして玄関を出た。

うちに帰ると祈祷所にお客さんが来ていた。知らない女の人の声にまじって先生らしい声がしたので、着替えたあと、祈祷所に寄った。

先生は熱心な信者さんのひとりだ。駅前で内科医院を経営するお医者さんなので先生とよばれている。先生のお父さんもお医者さんで、うちの信者さんだった。なんでもおばあちゃんに不治の病を治してもらって以来、熱心な信者さんになり、今の祈祷所もそのお礼にとまだ十八歳だったおばあちゃんのために建ててくれたものだそうだ。五十年たち、おばあちゃんもそのお医者さんも死んでしまい、今ではおかあさんが祈祷をしているけど、先生は二代に亘《わた》ってうちに通いつづけている。

先生はときどき、自分の病院でよくならない患者をうちにつれてくる。今日の女性もきっと先生にはお手上げの患者なんだろう。

わたしが祈祷所に顔を出すと、先生は太い両腕を上げて大声を出した。

「はるちゃん元気か。大きくなったなあ。」

先生はわたしのことをいつまでもこどもだと思っている。先週も会ったばっかりなのに、すぐに大きくなったと言う。和花ちゃんにはそんなこと言わないのに。

やせた中年の女性がおかあさんとむかいあってすわっており、わたしのほうをちらりと見てかるく会釈した。

「おかえりはるちゃん、ちょっと」

おかあさんは気をきかせてわたしに外へ出るよう合図した。先生も慣れているのでわたしといっしょに立ちあがった。

「よしよし、はるちゃん、おれらはじゃまだから外出とこうな。和子さんあとよろしく。中西《なかにし》さんだいじょうぶですよ。こわいことはなあんもありませんからね。」

こわいことはなあんもないというのが、自分がつれてきた患者にかける、先生のお決まりの文句だった。いきなり祈祷師のところにつれてこられたらだれだってとまどう。怪しんで、身構える。先生はのんびりしたところを見せるようつとめる。おかあさんはその先生の配慮がわかってるんだかいないんだか、先生の文句をきくときまってくすくすわらう。わたしにも底が見えない笑いだ。まさかほんとにおかしがってるとは思えないのだけど、わらってみせているとも思えない。患者は先生の芝居よりおかあさんのくすくす笑いにはっとする。とても身構える相手のするような笑いとは思えない。ゆるゆる肩の力が抜けていく。おかあさんはその様子を確かめるでもなくふりかえり、出ていくわたしの背中に声をかけた。

「先生にお茶出したげてな。」

わたしは台所の椅子に先生をすわらせて、お湯を沸かしはじめた。

祈祷所と母屋は廊下一本でつながっている。廊下の端にはガラス戸がはまっていて、それは台所の裏口になっている。台所にはそのほかに庭に出る勝手口と、玄関からの廊下に出るガラス戸とがある。うちには応接間とか居間とかにあたる部屋がないので、玄関から入ってくるひとも祈祷所から渡ってくるひとも勝手口に回るひとも、みんな台所に入れてしまう。いくらかは広いけれど、あたりまえの台所なので、食卓の上には醤油さしやつまようじ入れが置いてあったり、おとうさんの読みかけの新聞がひろげてあったり、お昼ごはんの残りがラップをかけただけで皿のまま並んでたりする。

わたしは先生のすわる席のまわりのものを片寄せて、お茶と茶菓子を出す広さを確保した。そのとき玄関の格子戸が引かれる音がした。

「和さんうちか。」

むかいの稲荷山《いなりやま》のおじさんの声だった。わたしが玄関に出るより先に、戸に近い先生が応対する。

「おう先生か。来てたのか。元気か。」

「おじさんこそ、うちに来ねえってことは元気なんだな。」

「それがこのごろはそうでもなぐってな、和さんはいねえのか。」

「おとうさん畑。」

わたしは先生の大きな体のうしろから顔だけ出して言った。

「そうか。それが先生、このごろ調子わるぐってよ。」

「おっくうがらずに、さっさとうち来たらよかんべよ。」

「たぶん先生でも治せねえ病気だ。具合わるいのがおれだけじゃねえんだよ。」

「そりゃあ和子さんの管轄だなあ。思いあたることがあんだろう。」

「まあな。そんで和さんに話そうと思ったんだけど……そうか畑か。また明日来るわ。先生、和子さんで治んねかったらいくかんな。」

おじさんはそう言うとわらった。

「大事にしろよ。」

先生もわらいながらおじさんを見送った。

台所にもどると、わたしは先生に信者さんの四国《しこく》土産の柿ようかんを切って出した。

先生は一切れつまみあげて蛍光灯にかざした。

「はるちゃんはようかんをなんでこんなに薄く切るんだ？」

「柿ようかんは薄いほうがおいしいもん。」

「でもこんなに薄いと奈良漬けみたいに見えるだろう。」

「見えるかもね。」

「そしたらこれは奈良漬けかなーようかんかなーどっちかなーって思って、どきどきして、口に入れてみて、ああよかった甘いからようかんだって思って、安心したりすることになるだろ。たかが柿ようかんのためになんでこんなにどきどきしねえといけねえ？」

「……先生っておもしろいね。」

「だめだ。それがだめなんだよ。」

「なにが。」

「おもしろいときはわらわなくちゃだめだ。はるちゃんはわらわなさすぎる。」

「わらったらいいことある？」

「あるある。先生見てみ。毎日毎日わらっていいことばっかりあるぞ。」

「じゃあ泣いたらわるいことがあるのかな。」

先生は太い腕を組んだ。筋肉がもりあがる。医者の仕事をしてるだけでこんなにたくましい体になるもんだろうか。白衣の似合わない風貌だとつねづね思う。

「泣くのはまたちがうな。泣いてわるいことをよぶとはかぎらねえな。だいたいいっぺん泣かなきゃ思いもふっきれないし、次に歩きだしていけねえだろう。」

「ふうん。」

「どうした？　はるちゃんなんか悲しいことがあったんじゃねえだろうな。」

「え、ちがうよ。」

「ほんとのお母さんのことか。」

「ちがうちがう。」

「なにかあったんならおとうさんやおかあさんに言いなさい。おとうさんやおかあさんに言えなかったら先生に言ったっていいからな。なんか悩みがあるんじゃねえのか。」

「ないない。ほんとにない。」

祈祷所からかあんかあんと鉦の音が響いてきた。おかあさんの祈祷がはじまったらしい。先生とわたしは口をつぐんで耳をすませた。

晩ごはんのあと、水槽をつついて金魚をからかっていると、おかあさんが今日のお客さんの話をはじめた。

お客さんのことはなんであれ、だれにももらしてはいけないけど、おとうさんと和花ちゃんとわたしだけは別だ。わたしたちはおかあさんがいないときに来たお客さんの相手をしないといけないし、和花ちゃんとわたしはおかあさんのあとを継ぐかもしれないので、おかあさんのやっていることを知る必要がある。わたしたちもそれはわかっているので、お客さんの秘密をもらすようなことはしない。

「今日先生がつれてきた患者さんな、あれはたちがわるいわ。ついてたのが死んでねえひとなんだもん。」

おかあさんはそこまで言っておとうさんとわたしの顔を見た。もし和花ちゃんがいればそこでおかあさんになにか言うんだろうけど、和花ちゃんは今日もまだ学校からもどってきていなかった。このごろ和花ちゃんは帰ってくるのが遅い。

おとうさんもわたしもなにも言わなかったので、おかあさんはしかたなくあとをつづけた。

「ついてたのがわかれただんなさんでなあ、そのひとのことを思いきれねえらしいんだよ。あんまり思ってるもんだからそれが全部おくさんにきちゃってなあ、頭痛くって熱も下がんないで。先生が診たってありゃあ治らねえよ。あたしがいくら祓ったってそのときだけよ。ちょっとはよくなったって言ってたけど、すぐにまたもどってきちゃう。祓いきれるもんじゃねえよ。いくら念じたって、好きだって念じたって、どうにもなるもんじゃねえのに。」

「え、おかあさん、好きだって思ってたら、それもサワリになっちゃうの？」

わたしは思わず口を挟んだ。めずらしいことなのでおかあさんは丁寧に説明してくれた。

「もちろんなるよ。会いたいとかやりなおしたいとか自分のものにしたいとか、毎日毎日ずっとだれかのこと念じてみろ。すぐにそのひとにサワリんなって出るわ。頭痛くなったり熱出たり。だからってどうなるもんでもねえ。お互いに気がつきゃしねえしな。」

「頭痛くなったり、熱出たり……」

わたしはゆっくりとくりかえした。

「なにはるちゃん、あんた好きな子でもできたの。」

おかあさんがうしろ手にエプロンの紐を結びながらわらった。わたしがちがうよと打ち消す言葉は、流しに水を出す音にかき消された。おとうさんはあいかわらず片手に夕刊を持ったまま、うつむいてお茶をすすっていた。

わたしは水槽の中に人差指を入れた。色褪せた金魚がゆっくりと泳いできて、わたしの指先に大きな口をつけ、きゅっと吸った。二、三回吸うとじきに離れ、また吸いついてくる。

わたしは何度も何度も同じ動きをくりかえす金魚を見ながら、実のお母さんのことを考えていた。お母さんは、わたしと離れてから、わたしのことを少しは思ってたんだろうか。もし思ってたんならわたしにサワリとして出たにちがいない。わたしは思いだせる限りの昔までさかのぼって体の調子がおかしかったことはないかと考えてみたけど、思いあたるものはなかった。

「おかあさん、わたし、ちっちゃいころ、なんか病気したことあったっけ。」

おかあさんは皿を洗う手をとめておとうさんの顔を見た。おとうさんが先に言った。

「おまえは、病気しねえ子だった。」

「そうだねえ、和花ちゃんはよく病気してたけど。まああの子はあちこちでサワリをしょってきてたから。」

わたしはこっそりためいきを吐いて指を上げた。同じところばかり吸いつかれたのでその部分だけしびれるように思う。金魚は突然指が入ってきたときと同じように、吸いつく指がなくなったことにもすぐに慣れて、すべてこれ当然という顔をしてゆったりと水の中に浮かんでいる。その顔をみつめていると無性に憎らしくなってきて、てのひらを水の中につっこんで水槽の中をかきまわしてやった。金魚は巨体をねじって暴れた。大きな尾鰭《おびれ》ではねた水が、音をたててわたしの頬に散った。

「なにしてんだはるちゃん、かわいそうだろ。」

おかあさんがうしろでおどろいていた。水はおとうさんの夕刊にまで散った。おとうさんはなにも言わないでぬれたところを台ぶきんで拭いていた。

襦袢の紐を結びながら廊下に出ると、和花ちゃんがトイレに入るのといきあった。

「おはよう。」

「おはよう。和花ちゃん今日は早いね。」

「たまにはね。はるちゃん今日も水行？」

わたしがうなずくと和花ちゃんは肩をすくめた。

「考えただけで寒くなっちゃう。よくやるなあ。はるちゃんがおとうさんにつきあうことなんてないのに。」

わたしは紐の結び目に目を落とした。

「かぜひかないようにね。」

和花ちゃんはトイレに入った。わたしは閉まったトイレの扉をぼんやり見ていた。

なんで水行やるの？

和花ちゃんがききたいのはそのことだ。でもそれを言わないのが和花ちゃんの気づかいだ。わたしはそれに甘えて、自分にも答えを出さないでいる。

「なんみょうほうれんげえきょうなんみょうほうれんげえきょう」

おとうさんと水を浴び、お題目を唱えている間、本当は、そのことばかり考えている。行は心身を清めて高めるという。わたしは高めるどころか清めることさえできそうにない。凍るような水に、砕かれるのは体だけ。かけらを拾いあつめると、またもとのわたしにもどってしまう。いつになっても同じことばかり考えている。ほんとは答えなんかとっくに出てるのに、わからないふりをしてずっと考えている。

自分になんの力もないことは自分が一番よく知っていた。そして水を浴びたくらいでその力が身につくわけがないことも知っていた。ただ、水行さえしていれば、力を持ってなくても力を持つみんなと同じでいられるように思った。血がつながってなくても血がつながってるように思っていられた。力のつながりより血のつながりより濃いとはいえなくても、同じくらいのつながりを持っていられるような気がした。

ひとりで盥に水を張っているおとうさんの薄い背中や、だれよりも早く起きて台所に立つおかあさんの頬の青白さを見ていると、わたしのしていることはむだではないと信じられる。それに気づかない、気づいてもなにも感じない、感じてもなにもしない和花ちゃんは、この家で力のつながりも血のつながりも両方持っているひとだからこそそうしていられるんだ。わたしはあがいて水行でもなんでもするしかない。

シャワーを浴び、着替えをすませてから台所に入ると、みんな食事をはじめていた。

和花ちゃんは朝っぱらから、なにやら熱心に話している。

「あんまり頼むからさ、みてあげたんだよ。そしたらびっくり。ほんとにしょってるの。なんかその子にはぜんぜん関係ないほとけさんらしいんだけどね。なにしろ離れないし、その子がサワリ出て困ってるんだからしょうがないでしょ。お題目上げて、いちおう祓ってあげたのよ。みえなくなったから、たぶんだいじょうぶ」

「あんたそんなことしたの。」

おかあさんがおどろきのあまり、話をさえぎって言った。

「あんた行もしねえで見様見真似でそんなことして……祓うってのはね、すごくあぶねえことなんだよ。祓ったものが全部こっちかぶさってきちゃうかもしれねえんだから。行ってのはそのための勉強なんだよ。わかってるんだろ。あんたほんとに、行もしねえでそんなあぶねえこと」

「いいじゃない。祓えちゃったんだから。その子すごい喜んでたよ。人助けじゃない。」

和花ちゃんはけろりとした顔でお茶漬けをかきこんでいる。おかあさんはお茶碗もお箸も置いたまま、その和花ちゃんの顔をみつめている。

「まあ、あんたの力が強いのはよくわかったよ。行もしねえでよくまあそれだけ」

「遺伝でしょ。おかあさんだってあたしくらいのときには」

「いや、おかあさんはできなかったよ。あんた、おばあちゃん並みかもなあ。」

おかあさんはおとうさんをふりかえった。おとうさんは和花ちゃんを見ていた。わたしは和花ちゃんから金魚の水槽に目をうつした。


山中くんはとても無表情だ。わたしはとなりの席からずっとみつめているのに、まだまともにわらうのを見たことがない。

社会の先生がゴジラ対モスラをまちがえてゴジラ対ラモスと言ってしまったときでさえにこりともしなかった。わたしは吹きだしてわらっていたけど、山中くんがむっつりしているのを見て、わらうのをやめた。山中くんは、わたしが山中くんを見てわらうのをやめたのを見て、言った。

「おれに気をつかわなくてもいいのに。」

わたしがおどろいて山中くんを見上げると山中くんもわたしを見た。

「どうぞ。わらえば。」

「もうわらえないよ。なんでわらわないの。おもしろくないの。」

「あんなん、なにがおもしろいんだかぜんぜんわかんないよ。みえみえじゃん。」

「なにがみえみえ?」

「先生のねらいがみえみえ。次の時間にはちがう教室で同じことくりかえすんだぜ。わかってるだろ。」

「そうかな。」

「そうだよ。」

山中くんは教壇の先生をひややかにみつめながら、ぽつりぽつりしゃべった。

「山中くんて頭いいんだね。」

わたしの言葉を山中くんは無表情な横顔で受けた。否定も肯定もせず、しばらくそのまま黙ってたけど、不意にわたしに言った。

「今日、帰り、鶴見さんちいってもいい?」

「今日?」

「うん今日。」

山中くんはわたしのほうをむいて口許でわらってみせた。わたしは顔を赤くして、どきどきしながらうなずいた。

「いいよ。」

山中くんはしばらくわたしの顔をみつめたあとで言った。

「そんな緊張することないのに。」

見透かされて、わたしの顔はますます赤くなった。

そうじの時間に久美ちゃんに今日はいっしょに帰れないことを伝えた。

「なんで今日だけ?」

「山中くんがうちに来るんだって。」

「すごいじゃない。はるちゃんさそったんだ。」

「ちがうよ。それに遊びにくるんじゃないもん。なんみょうさんってうわさきいて興味持っただけみたい。」

「それが口実なんじゃない?」

少女まんがが大好きな久美ちゃんは、いつも世の中で起こるすべてのことを恋愛と結びつけて考えようとする。

「久美ちゃんだったらそういうこともあるかもしれないけど……山中くん、もうわたしが山中くん好きなの知ってるみたいだし。」

「言ったの？」

「まさか。でも、あのひとなんかすごいするどいんだもん。なんかなに考えてんだかぜんぜんわかんない。」

「いいじゃん、明日きかせてね。じゃあ今日はあたし、兵頭くんと帰ろうかな。そのうちダブルデートできるね。」

　おもしろがる久美ちゃんを前にして、わたしの気持は重くなる一方だった。山中くんがなにをしにうちに来るのかはわかっていた。うちの祈祷師としての評判が高くなってからは、山中くんのようなひとがちょいちょいやってくる。どのひとも朴訥《ぼくとつ》なおとうさんと口の軽いおかあさんの言葉の隙をみつけては、それは理不尽だ不条理だとつっこんでくる。おとうさんもおかあさんも口下手だし、ひとがいいのでなにを言われても言いかえすことができない。そういうときはいつも和花ちゃんが出ていった。和花ちゃんはとても気が強いし、短気なので、あまりしつこいひとには塩を投げつけて追いだしたこともある。山中くんがそういう目に遭うのが見えそうだった。

わたしと並んで畑の中の細い道を歩く山中くんはいつになく饒舌だった。おしていく銀色の自転車はぴかぴかに磨きこんである。自分の言ったことに自分でわらってみせたりする陽気さは、教室では一度も見たことがないものだった。

「山中くんて、実はおもしろいひとだったんだね。」

「そう。おれおもしろいやつなんだよ。知らなかった？」

「だって、学校ではぜんぜんわらわないんだもん。」

「おれ学校きらいだもん。ばかばっかり。」

「じゃあ家が好きなんだ。」

ひとりで納得するわたしの言葉を、山中くんは力をこめて打ち消した。

「いや、家にくらべたら、学校のほうがよっぽどまし。」

「ふうん。反抗期なんだね。」

その言葉に気をわるくしたらしく、山中くんはうつむいてしゃべらなくなった。わたしは自分の発した言葉を否定する言葉を持っていたけど、それ以上山中くんがなにも言わないので、同じように黙って歩いた。

足許から広がる畑には、まだなにも植えつけられてない。それでもそろそろ麦をまくんだろう。耕されたばかりの黒くて柔らかそうな地面がどこまでもつづいている。わたしたちが黙りこんでいるので、かすかな風が、その土の上をそよいでいく音までがはっきりときとれる。

畦道《あぜみち》からアスファルトの道路に出て、植木屋さんの植木の森に沿っていくと、久美ちゃんの家の生垣がそびえたって見える。このあたりは畑ばかりで、風をさえぎるものがないので、どの家も生垣がやたら高い。その中でも久美ちゃんの家の生垣は際立って高い。

「でかい家。まさか鶴見さんち？」

山中くんは急に顔を上げてたずねてきた。

「ちがうよ。なんで？」

「いやあ、宗教やっててんだったらすげえもうかんだろうと思って。」

わたしはその言葉をいやみにとって怒ることを知ってたけど、山中くんの言葉はあまりにあからさまで、怒る気にはなれなかった。

「これ久美ちゃんち。」

「え？」

「久美ちゃんよ。同じクラスの。」

「滝本久美……？」

「そう。」

「こんなでかい家にすんでんの？」

山中くんはよっぽどおどろいたらしく、いつもの表情をつくることも忘れて、並びの観音さまの本堂よりも高い生垣を、観音さまの大銀杏よりも高い屋根を、ただ見上げている。

「そんなにおどろいた？」

「べつに……ただ、あれは、なんだろうと思って。」

「どれ？」

「あの、屋根の上に伊勢屋ってかいてるだろ。なに？　伊勢屋って。」

「久美ちゃんちの屋号だよ。表ともいうけど。」

「なに、屋号って。」

「屋号知らないの？」

「知らない。」

わたしは屋号を知らないひとがいるなんて考えたこともなかったので、どうこたえていいのかわからなかった。

「家の名前みたいなもの。」

「鶴見さんも知らないんだろ。」

「知ってるよ。みんな屋号でよぶの。名字じゃなくて。うまく説明できないけど。」

「説明できないってことは知らないことになるんだよ。」

「そうかな。」

「そうだよ。」

山中くんは歩きだした。

「神社、ここらへんじゃなかったっけ。」

わたしもまた並んで歩きだした。

「そう、その角曲がったとこ。でも今はなんにもないよ。」

上の店の角を曲がると、常緑樹の森の間に、黒い土のむきだしになった、なにもない土地がひろがった。中心に四角く注連縄が張ってある。香取さまの焼け跡だ。

「ほんとになんにもないね。」

山中くんは目の前の光景に立ちつくした。わたしもここを通るたびに立ちどまってみつめてしまう。あるべきものがないとどうしていいかわからなくなる。

「あそこの篠懸《すずかけ》の木も半分焼けたんだけど、見て。今はもう枝が出てる。」

大きな篠懸の木はほとんど葉を落として七色の木肌をさらしている。かなり上の方に黒く焼けたあとが見えるけど、もうそのあたりからも枝がのび、いくつもの実を風にゆらしている。

「たいしたもんだね。」

「でもほんとにだれが火ぃつけたんだろうね。毎年夏祭り楽しみにしてたのに。」

わたしの言葉に、山中くんは教室でいつもはりつけてる、ひややかにかたまった表情でにやっとわらった。

「そんなの、それこそなんみょうさんにみてもらったらいいだろ。わかんないことなんてないんだろ。それが商売なんだからさ。」

山中くんはまたきびきびと歩きだした。家は近かった。わたしはこっそりためいきをついた。

　うちの生垣まで来ると、ちょうど祈祷所から出てきたところらしい稲荷山のおじさんにいきあった。おじさんはわたしを見てわらいかけたが、わたしと並んで立つ山中くんに気がつくと、急に顔をひきしめて祈祷所にひきかえした。

「だれ？　知ってるひと？」

「なんだけど、どうしたんだろ。」

　祈祷所にはおかあさんとおとうさんがいたらしく、おじさんがふたりに話す声が庭に入るわたしたちにまできこえてきた。

「はるちゃん男の子つれてもどってきたぞ。」

「はるちゃんが？　奥のたけしじゃなくて？」

　おかあさんの声はおじさんの声より高い。

「奥のたけしだったらおれだって知ってんべ。なんか、見たことねえ子だったぞ。こっこらへんの子じゃねえぞ。」

「はるちゃんが男の子つれてくるなんてはじめてだね。あの、ボーイフレンドなのかね。」

話はすべてつつぬけで、わたしはまっかになって山中くんの顔を見られなくなった。いつも開けてある戸の陰から、おかあさんとおとうさんと稲荷山のおじさんの顔がのぞき、庭を横切るわたしたちをしげしげと見た。山中くんは軽く会釈した。あわてて三人もそろって頭を下げる。

「あの、うち、ごめんね。」

山中くんは気にしてないらしい。

「鶴見さんがあやまることないよ。」

「じゃあ、お茶でも出すから、こっち……」

わたしは耳まで赤くなってるのを感じながら、山中くんを玄関から台所に通した。おとうさんの席にすわらせてお湯を沸かす。

「気ぃつかわなくていいから。」

「うん、お茶だけ。」

お茶をいれてから冷蔵庫の柿ようかんを出す。昨日の先生の言葉を思いだして、少し厚く切る。

「この魚なに？」

　山中くんはいつのまにか席を立ち、金魚の水槽をのぞきこんでいた。わたしはようかんの皿を持ったままこたえた。

「金魚。」

「金魚？　なんか、すごい、でかくない？」

「わたしが五つのときから飼ってるから。」

「え、じゃあこれもともとはふつうの金魚だったの？」

「そう。色も赤だった。」

「すごいな。金魚ってそんなに長生きするんだ。」

　山中くんは水槽に顔をくっつけんばかりにして金魚に見入っている。

「名前なに？」

「え？」

「金魚の名前だよ。名前なに？」

「金魚。」

「そうじゃなくって……金魚の名前。ほら猫だったらミケとかポチとかいるだろ。名前なに？」

「金魚。」

「名前ないの？　そんなに長いこと飼ってんのに？」

「だって、金魚は金魚でしょ。ほかになんか名前があるの？」

「だって」

納得できないらしい山中くんがなおもたずねようとしたとき、おかあさんが台所に入ってきた。

「まあはるちゃん、お友達つれてきたんだったらあっちのほうに通せばいいのに。こんな、台所なんかで」

「こんにちは。山中亨《とおる》といいます。おじゃましてます。」

意味もなくわらっていたおかあさんは、山中くんに丁寧にあいさつされて、すっかり上がってしまった。

「まあはじめまして。なんか春永がいつもお世話になってるみたいで。今日はわざわざほんとにどうも」

「おかあさん」

「まあどうぞこっちへ来てください。あっちのほうが広いから……」

おかあさんは山中くんを先に立たせて祈祷所に案内しながら、こっそりわたしにささやいた。

「かっこいい子じゃねえの。」

祈祷所の座敷にはおとうさんと稲荷山のおじさんがいた。

「こんにちは。おじゃまします。山中亭といいます。」

上がり口で山中くんがあいさつすると、おとうさんはむっつりした顔のまま会釈した。稲荷山のおじさんはにこにこした。

「おお、はるちゃんもやるなあ。なあ、和さん。そしたらおれはこれで帰るかんな。和子さん今日はありがとう。そしたら山中くん、あんたはゆっくりしていけよ。」

おじさんは早口でまくしたてながら縁側から出ていった。とたんに沈黙が下りてきたのでわたしは無理に口をひらいた。

「稲荷山のおじさん、なんだったの？」

「いや、なんか、家中で具合がよくねえんだって、おかあさんにみてもらってたんだよ。」

おとうさんはストーブの火を見ながらうつむいて言った。

「さあ、どうぞ。」

おかあさんは山中くんにお茶を出した。

「いただきます。」

山中くんはお茶碗を傾けながらも、注意深く祈祷所の中を見回している。

「どうぞ、もっとストーブのそばに寄って。寒いでしょ。」

「あ、だいじょうぶです。」

おかあさんは山中くんに気をつかう。けれど山中くんは祈祷所の様子をうかがってばかりいる。目がちっとも落ちつかない。

「これが、あの、祈祷所ですか？」

「え？」

「祈祷所ですか？　ここが。」

「ああ、そうですよ。」

「看板も門もなかったみたいですけど、これでひとが来るんですか。」

「知らねえひとは来《き》ないでしょうねえ。でもこのへんのひとや、ここを必要としてるひとはここを知ってるから、看板や広告なんていらねえんだよ。新しく来るひとはひとにきいて来るし。」

それどころか、夢でみたとか、お告げをきいたと言ってたずねてくるひとさえいる。

「なるほど。信者さんは多いんですか。」

「さあ……どうかね。数えたことなんてねえからなあ。」

「この写真は、信者さんの？」

山中くんは壁にかけてある、色褪せた二枚の写真を指さした。

「そう。白黒のが先代のころので、新しいのが今の。」

「見てもいいですか？」

山中くんが立ちあがると、黙りこんでいたおとうさんも立ちあがって額を外した。

「どうぞ。」

おとうさんは二枚の額の埃をはらってから、山中くんに手渡した。

「ああ、すみません。」

「古いほうの写真は、たしか、このうちができた記念に写したんだよ。五十年くらい前になるかなあ。」

わたしも額をのぞきこんだ。中央にすわる小太りの女性は若かった。高校生くらいに見えた。おばあちゃんだ。

「この女性が先代ですか？　ずいぶん若いようですけど。」

「このときまだ二十歳にもなってねえから。あたしらの母親なんだけどな、十四、五のときからもうひとをみてたそうだから。」

「一代目ですか。」

「そう、あたしが二代目。この、うしろに立ってる男のひとが、このうちを寄進してくれたんだよ。」

先生の父親だった。

おかあさんと山中くんの話をよそに、おとうさんは座敷の隅にひっこんで、手控えに目を落としていた。

「こっちの新しいほうは……」

「これは五年くらい前に撮ったんだよ。ほら、はるちゃんも写ってるぞ。」

おかあさんはわたしをつっついた。おかっぱ頭のわたしは、まだ赤ちゃん人形を抱いている。

「かわいいですね。」

　山中くんがぽつりと言った。おかあさんもわたしも黙りこんでしまった。山中くんはそれに気づかず、またあたりを見回しはじめた。特に興味があるのは奥の座敷らしい。二代に亘る信者さんたちが寄進してくれた紫の、ざくろの花と実の幕の奥には、鬼子母神さまがお祀りしてある。

「この奥は……」

「鬼子母神さまを祀ってあるんだよ。」

「きし？」

「鬼子母神。」

「この祈祷所、宗派は……」

「ずいぶんいろいろきくんだなあ。山中くんはそういうのに興味があるの？」

　おかあさんはわたしのボーイフレンドらしくない山中くんの態度にとまどい、わたしと山中くんを半々に見て、困ったようにわらった。わたしもいまさら山中くんはうちを調べにきたんだとは言えなかった。

「それで、具体的には、この祈祷所ではどういうことをするんですか。」

「どういうことってったってなあ……」

おかあさんは困りはててへらへらわらうことしかできなくなった。

「たとえば、さっきいらっしゃったかたなんか、体の具合とかも治したりするんですか。」

「ほんとの病気はあたしなんかには治せねえけど、サワリんなって出たのだけは、祓って」

「サワリってなんですか。どうやって祓うんですか。」

山中くんの質問はとてもわかりやすいけど、わたしたちはだれもそんなことについて考えてみたこともなかった。おかあさんはそれでも笑いをうかべたままでおとうさんを見た。おとうさんも顔を上げて山中くんを見た。

「サワリってんのは、霊をしょってくる。」

おとうさんはゆっくりと言った。山中くんはすぐにおとうさんにむきあった。

「じゃあ霊っていうのはいっぱいいるわけですか。」

「ああ、いっぱいいる。」

「そういうのが、なんですか、みえるんですか。」

「みえるわけよ。」

「いつもみえてるんですか。ここにもあそこにも霊がいるんですか。」

「いや、ふだんはみえねえ。このおかあさんが拝んでね、鬼子母神さまが教えてくれて、はじめてみえる。」

「どこで拝むんですか。」

「そこの奥よ。」

「なんですか、拝むときは目をつむって？」

おとうさんは答えにつまっておかあさんを見た。おかあさんはあわてて眉を寄せ、自分が祈祷しているときを思いだそうとした。

「そうだね、まあ、つむって。」

「変ですね。目をつむってどうして霊がみえるんですか。」

「まあ困った。」

おかあさんはわらってごまかそうとした。かわっておとうさんが腕組みしてぽつりと言った。

「心の目ちゅうやつじゃないんですか。」

「なるほど。心の目ですか。それじゃ鬼子母神さまのお言葉は心の耳できくというわけですね。」

ひとのよいおかあさんは山中くんの言葉に含まれる悪意にも気づかず、まじめに答えた。

「んん、いや、鬼子母神さまが教えてくれるったって直接言ってくれるわけじゃねえんだよ。ただ霊をみたり、ほとけさんの話きいたりする力を与えてくれるんだよ。」

「じゃあ鬼子母神さまの言葉はきこえないし、姿もみえないと」

「そうだな。」

「みたこともきいたこともないと」

「まあそうだな。」

「じゃあなぜそれが鬼子母神さまだとわかるんですか。」

おかあさんはまたへらへらわらった。

「仏さまやキリストさまでもぜんぜんかまわないんじゃないですか?」

「理屈ではそうかもしんねえけどお」

おとうさんは難しい顔をしてぼそぼそ言った。

「そういうもんじゃねえんだよ。」

「わからないなあ。」

山中くんは勝ちほこった顔をしてにやにやわらった。

「じゃ、まあ、その問題は置いておきましょう。それで、サワリですか？　サワリはどうやって祓うんですか？」

「お題目上げてな、木剣で祓って、出して、かえすんだよ。」

「その方法は、なんですか、一代目から伝えられた」

「んん、いや、おばあちゃんはまたぜんぜんちがうやりかただったな。あのひとはな、腕にな、こう、ろうそくを立ててひとをみたなあ。そりゃもう腕中あざだらけんなっちゃって、それでもお客さんが来るかんな、休むわけにもいかねえでしょうよ。あざの上にまたろうそくを立ててな、もうあざがひいてるときもなかったなあ。」

「それはすごいですねえ。それだけしたらお布施もすごいでしょうね。祓ってだいたいいくらくらいもらうんですか。」

「うちはね、お布施っていわねえんだよ。これでやっていこうと思わねえから。農家やってるから。あんたいくら出せますかってきくんだよ。おぼしめしだな。たとえいくらでも、それでそのひとが治るんだったらそれでいいと思うからな。おばあちゃんもそうやってきたから、あたしらも小さいころは貧乏したなあ。今だって貧乏だけどな。」

「とんでもないですよ。こんなうちまで建つんですから。おぼしめしって何百万も出すひとがいるんじゃないですか?」

山中くんの調子はどんどん高くなって、自分がどれだけ失礼なことを言っているのか気づかない。

山中くんにはわからない。年頭参りにきた信者さんをもてなすために和花ちゃんやわたしの貯金箱の中身までつかいはたしてしまうことや、おばあちゃんが死ぬ三日前まで毎朝水を浴びていたことや、おかあさんとおとうさんが信者さんのために何度となくお百度を踏んだことや、サワリを祓ってもらった信者さんの泣いて拝む気持とか、そういうものをなにひとつ山中くんは知らない。

わたしは今自分がなにをするべきかわかってた。もういいんじゃないと山中くんに声をかけ、関係のない話をはじめることだ。それはわたしにしかできない。山中くんはまだまだ話をききたがっているし、おかあさんとおとうさんはわたしに気をつかって、山中くんの機嫌を損ねないように注意してくれている。

でもわたしはいつまでも黙っていた。和花ちゃんも帰ってこなかったので、日が暮れて山中くんが自分から立ちあがるまで、おとうさんとおかあさんは山中くんの質問攻めに遭うはめになった。わらってごまかそうとするおかあさんと、やっと出した答えをそれはおかしいと決めつけられるおとうさんを、わたしはただながめていた。


めずらしく和花ちゃんが早起きしていた。水行をしてから台所に入ると、和花ちゃんはもう朝食も着替えもすましていた。

「おはよう、めずらしい。」

「時計が壊れたのかと思うよなあ。」

おかあさんがわらった。

「失礼ね。眠れなかったんだから。」

「めずらしいね。」

「はるちゃんまで失礼ね。今日はどう？　少しはあったかくなってた？」

「春になったったって暦の上だけだよ。水浴びて寒くねえわけねえ。」

おかあさんがかわりにこたえた。和花ちゃんはおかあさんにむきなおった。

「それで？　おじさん、なんて？」

稲荷山のおじさんの話をしていたらしい。

「なんか知らねえけどな、おじさん、おじさんの代からかぼちゃを作りはじめたんだって。」

「かぼちゃ？　それがなに？」

「稲荷山ではな、かぼちゃを作っちゃいけねえんだよ。それで代々作らないでいたのに、おじさん、おじさんの代んなってから作りだしたんだって。」

「そういえばそんなのあったねえ。うちはなに作っちゃいけないんだったったっけ。」

「なすだ。」

おとうさんが新聞に顔をうずめたまま言った。

「山武《やまぶ》ではなすを作っちゃいけねえ。」

山武というのはうちの古い屋号だ。おばあちゃんの代からおがみやさんとよばれることが多くなり、おかあさんが祈祷をはじめてからはなんみょうさんとよばれるようになり、今では古い屋号のほうでよぶひとはほとんどいない。

「なすか……でもなすでよかったねえ。キャベツとかねぎだったらたいへんだったね。」

「そりゃご先祖さまもわかってるよ。」

「それで？　拝んであげたの？」

「拝んでみたよ。まあ本人がそれが原因ってもな、ほんとかどうかは神さまにしかわかんねえからな。」

「どうだった？」

「ご先祖さんだったよ。おじさんの言うとおりだった。三十年待ったけど、おじさんがかぼちゃ作んのやめねえからでてきたっつってたね。」

「三十年？」

「おじさんも数えてみたことなかったらしくて、三十年目って言われてびっくりしてたよ。」

「当然だよね。」

「でもあいうのは楽だなあ。かぼちゃ作んのやめればいいんだもん。」

わたしはごはんを食べながらふたりの話をきいていた。四人の席はむかいあっていて、わたしのとなりにおかあさん、前に和花ちゃんがすわっているので、話はわたしの目の前で斜めに展開される。わたしとおとうさんが話すことはあまりないので、話の流れはこのひとつだけだ。おとうさんはいつも黙って食べて、食べおわったら新聞を読んで、読みおわったら席を立つ。わたしは黙って食べて、食べおわったらおかあさんと和花ちゃんの話をきいて、話が終わったら席を立つ。わたしはふたりの話をきくのがとても好きだ。おとうさんも新聞に目を落としながらじっと話をきいている。新聞というのはわたしのようになにもしないではすわっていられないおとうさんが、それでもおかあさんたちの話をきくために考えだした手段だった。

「ごめんください。」

玄関の戸が引かれた。

「まあどうしよう。まだごはん食べてねえのに。」

おかあさんが口にものを入れたまま言うと、おとうさんが新聞を置いて立ちあがった。

「おとうさんがいくよ。」

「ごめんな。あっち通しといて。すぐいくから。」

　おかあさんはあっというまにごはんをすませ、おとうさんのあとを追った。わたしと和花ちゃんはとりのこされた。

「ねえ、昨日はるちゃん、ボーイフレンドつれてきたんだって？」

　和花ちゃんが顔を近づけてささやいてきた。

「おかあさんにきいたんでしょ。」

　和花ちゃんはそれにはこたえず、ふふっとわらった。

「すごい、かっこいいんだって？」

「知らない。」

「いやあ、ききたかったんだけど、さすがにおとうさんの前ではきけないからなあ。」

　和花ちゃんはやっと椅子にもたれた。

「はるちゃん告白されたの？」

「ボーイフレンドじゃないもん。となりの席なだけ。昨日だって遊びにきたんじゃなくて、なんみょうさん調べにきただけだもん。」

「でもおかあさんはほめてたよ。頭のいい子だって。」

「おとうさんは？」

「おとうさんがなんか言うわけないよ。娘のつれてきた子に。」

「そうかな。」

「そうだよ。これではるちゃん結婚するなんてったらたいへんだよ。」

「和花ちゃんだって。」

「あたしはうまくやるからだいじょうぶ。」

わたしは話をそらそうと立ちあがって、金魚の水槽を見下ろした。いつものようにまず人差指を入れてみる。すぐに金魚が近寄ってくる。そのとき水槽の中でなにかがきらきら光った。なんだろうと思って水をみつめると、また光るものが沈んでいった。水槽の底になにかたまってる。金魚の横に手を差しいれて底を探った。金魚は暴れて水を散らす。

「なにしてんの？」

丸く平べったい透きとおったかたまりは、うろこだった。金魚の体のあちこちにうろこがない部分があった。みつめる間にもうろこはぱらぱらとはがれて、きらきら光りながら水に沈んでいく。

「和花ちゃん、金魚って、脱皮するっけ。」

「脱皮ぃ？　そんなん、きいたことないよ。」

「でもおたまじゃくしって脱皮するじゃない。」

「おたまじゃくし？」

「ほら、かえるになるときに。」

「そうだねえ、かえるになるもんねえ。でも金魚はどうなのかなあ。脱皮したの？」

「ううん、今してるみたいなんだよ。」

和花ちゃんも立ちあがり、腰をかがめて水槽をのぞきこんだ。

「見てこれ。うろこがぱらぱら落ちてるよね。これって脱皮じゃない？」

「ほんとだ。」

和花ちゃんとわたしは黙って金魚をみつめた。金魚はなにごともないような顔をして水の中にぽっかりと浮かんでいる。ぱらぱらはがれるうろこにも、まったく気がついてないらしい。やがて和花ちゃんが先に口を開いた。

「病気なんじゃない？」

中腰のままでわたしを見た。

「だって今まで脱皮したことなかったじゃない。」

「そうだね。どこいったら治るかな。」

和花ちゃんは腰をのばした。

「ううん、魚だからって魚屋ってわけにはいかないしねえ。」

わたしも腰をのばした。

「先生にきいてみたら?」

「そうだね、今度来たらきいてみる。」

「病気じゃないといいけどね、お母さんの思い出だもんね。」

わたしはまじまじと和花ちゃんの顔を見た。和花ちゃんは壁の時計を見上げた。

「ああもうこんな時間?」

和花ちゃんは椅子にかけていたコートをひっつかんだ。

「今日は早かったのに。」

言いながら体を翻し、けたたましい音をたてて廊下を走っていってしまった。

学校へいく間中、久美ちゃんは昨日のことをききたがった。でも久美ちゃんのききたいようなことはなにもなかった。

「なにもないわけないいじゃん。」

久美ちゃんはそう言う。

「家に来たんでしょ。」

「でもほんとに、話もしなかったもん。」

「かくしてない？」

「かくしてない。ずっと祈祷所にいたし。」

「しんじられない。」

久美ちゃんはわたしがかくしてると思ってる。きっと昨日、久美ちゃんは兵頭くんとなにかあったんだろう。でもわたしはきかなかった。久美ちゃんは、うかつにきくととんでもないことを言いだす。

教室に入ると、恵子ちゃんや京子ちゃんたちが走りよってきた。

「見たよ昨日。」

「つきあってんの？」

「よかったね、はるちゃん。」

ちがうと言ってもだれも信じてくれなかった。わたしは山中くんとつきあっていることにされてしまった。ゆりちゃんはそっと寄ってきて耳打ちした。

「久美ちゃんに横取りされないようにね。」

山中くんは機嫌がよかった。わたしにおはようと言った。となりどうしになって一週間、はじめてのことだった。

「昨日は楽しかったよ。」

にやにやしている。

「鶴見さんもわかっただろ。いんちきなんだよ、ああいうの。」

わたしは返事をしなかった。

「すっとしたよ。なんみょうさんなんていいかげんなもんだよ。」

山中くんはずっとひとりでしゃべりつづけていた。わたしはおとうさんとおかあさんのことをひどく言われていい気持はしなかったけど、山中くんがにこにこしてるのはうれしかった。返事はしなかったけど、山中くんの顔を見ていた。めずらしく正面から顔を見ていられた。

学校から帰ると、ひかるちゃんのママが台所で泣いていた。おとうさんがそばにすわってうつむいていた。

「気味がわるいんです。だれだってそう思います。なんでこんなになるんですか。なんであの子ふつうじゃないんですか。学校だっていやがるのあたりまえです。あたしだっていやです。ほんとにいやです。もういやです」

わたしはそっと祈祷所に回った。おかあさんがひかるちゃんのお祓いをしていた。ひかるちゃんは体育座りをしている。サワリをしょってるとすわってられないから、もうお祓いは終わりなんだろう。ふたりとも汗びっしょりだった。よほど長い時間がかかったんだろう。おかあさんがうなだれているひかるちゃんにかぶさるようにして言った。

「もう、絶対に、こっくりさんはしちゃだめだよ。」

ひかるちゃんは小さくうなずいた。おかあさんはタオルで汗をぬぐいながらそのそばにすわりこんだ。わたしに気づき、ふっとわらった。

「ああ、おかえり。」

「ただいま。」

「もう終わったからな。」

「ひかるちゃん、だいじょうぶ?」

ひかるちゃんのそばにいくと、ひかるちゃんは顔を上げた。

「はるちゃん。」

ひかるちゃんは泣いていた。髪の毛まで汗でぬれていた。

「よかったね。もうだいじょうぶだよ。」

「はるちゃん。」

ひかるちゃんは腕をひろげてしがみついてきた。わたしも小さな体に手をまわした。

「和花ちゃんが」

ひかるちゃんはわたしの耳許にささやいた。

「和花ちゃんがたいへん。」

わたしは体を離した。

「なに、たいへんって」

「わかんない。泣いてる。こわいって。」

廊下に出かけていたおかあさんが座敷にひきかえしてきた。

「ひかるちゃん、みえたの？」

「わかんない。こわいって言ってたの。」

「みえたんだな。」

「わかんない。」

「だいじょうぶだよ。」

おかあさんはわたしの横からひかるちゃんの体を奪いとるようにして抱きしめた。

「だいじょうぶ。だいじょうぶ。」

おかあさんは泣いていた。汗といっしょになって頰を涙が流れていった。わたしはただふたりを見ているしかなかった。


ひかるちゃんたちが帰ると、おかあさんに夕食の支度を手伝うよう言われた。エプロンをして台所に立ったけど、おかあさんとおとうさんがなにもかもやってしまって、わたしはほんとにただ立ってるだけだった。おかあさんはわたしに話がしたかっただけらしい。

「ひかるちゃん、学校でこっくりさんやったんだよ。」

ねぎをきざみながら話しだした。

「それでのっかられちゃって、指がぐるぐるとまんなくなって、ママがよばれてうちに来たんだよ。たいへんだった。あんなのひさしぶり。絶対かえらねえってがんばるんだよ。勝手に来たんじゃねえ、よばれたんだってがんばってんの。ひかるちゃんにすがっちゃって。」

おとうさんはじゃがいもの皮をむきながらきいていた。

「よぶのはかんたんなんだよ。だれにでもできる。たいへんなのはかえすこと。こっくりさんはよぶだけ。おかえりくださいなんてったってかえりゃしねえよ。あぶねえんだよ、ものすごく。そこら中の集めちゃってどうしようもなくなることだってある。ひかるちゃんみたいにのっかられやすいひとがやるのは自殺行為。」

おかあさんは包丁を持った手を止め、ふりかえった。

「はるちゃんもしちゃだめだよ。」

　おかあさんの顔は真剣だった。でもわたしにはわかってた。わたしにこっくりさんはのっからない。

「和花ちゃんも中学校のときしてな、ものすごかった。三日くらい寝込んじゃったなあ。ただのお祓いじゃやだめで、利根川《とねがわ》まで流しにいった。」

「ひかるちゃん、和花ちゃんがたいへんって」

　わたしは話を変えた。

「今学校でしょ。だいじょうぶなの？　学校に電話したほうがいいんじゃないの？」

「だいじょうぶだよ。」

　おかあさんははっきり言った。

「すぐ帰ってくる。ひかるちゃんがみたのは先のこと。これからをみたの。」

　わたしの背筋はさっと冷たくなった。

「ママが言ってたぞ、階段から落ちる前に落ちるって言ったって。」

　おとうさんが口を挟んだ。

「ママが二階からおりようとしてて、ママ落ちるって叫んですぐほんとに落ちちゃったって言ってたけどな。」

「前からなんとなくそんな気はしてたんだよ。あれだけみえるのはまともじゃねえから。」

おかあさんは包丁を置いて椅子にすわりこんだ。おとうさんがその包丁を取ってじゃがいもやにんじんを切りはじめた。今晩は豚汁だ。

「のっかったこっくりさんが教えてくれたんだろうな。かなり先のことをみたみたいだな。どっちにしろまともじゃねえよ。」

おかあさんの目は赤くなった。涙がにじんでいる。

「なんで、おかあさん、そんな……」

「かわいそうでな。和花ちゃんがじゃねえよ、ひかるちゃんがな。いいんだよ和花ちゃんは。生きてく間にはいろいろあるもんだから。でもひかるちゃんはな。かわいそうに、まだ十歳になったばっかりなのに」

「うちの子ならともかくな」

「やっと、このごろ、やっと、楽になってきてたのに。このままみえなくなっちゃえばよかったのに。」

たしかにこのごろは、ひかるちゃんがサワリをしょってくることは少なくなっていた。

「気味わるいって、まあ当然だよ。ママは責められねえ。まともじゃねえもん。気味わるいわ。でもそう言われてひかるちゃんは」

おかあさんはしゃくりあげはじめた。

「かわいそうに。」

わたしにはおかあさんの泣く理由がよくわからなかった。ただ、おかあさんがひかるちゃんのことを自分のこととしてかなしんでいるということはわかった。おかあさんにもおとうさんにもひかるちゃんと同じようなことがあったみたいだった。

そのうち和花ちゃんが帰ってきて、おとうさんが作ってくれた豚汁をみんなで食べた。ひかるちゃんの話をきいたあとだからそう思えるのか、和花ちゃんの顔色はすぐれなかった。めずらしく口数も少なかった。ひかるちゃんの話はだれもしなかった。

学校でひかるちゃんのことが噂になっていた。

「南小の子でしょ。かえらなくなったんだって？」

「その子入れたとたんに十円玉がぐるぐる回りだしたんだって。紙とかはみでちゃって、もうだれもついてけなくなっちゃったんだって」

「どうしたの？　結局かえったの、こっくりさん」

「あ、京子ちゃん言ったっ」

「言った言った」

こっくりさんという言葉は口にしてはいけないことになってる。うっかり言ったひとは友達に背中を三回たたいてもらう。そうしないとこっくりさんのたたりがあるという。

「たたいたげる。」

わたしは京子ちゃんの背中を三回たたいてあげた。おかあさんも祈祷でお客さんの背中をたたくことがある。だれがこっくりさんなんて言いだしたのか知らないけど、うまくできてると思う。

「なんかその子暴れちゃってたいへんだったってよ。先生がおさえても暴れてるんだって。親がよばれてタクシーで帰ったんだって。」

「それからどうしたんだろ。」

「なんかその子よくそういうことがある子だって。あたしの妹五年なんだけど、みんな知ってんだって。学校も来ないって言ってたよ。」

「あたしきいたことある。なんか授業中に悲鳴上げたりする子がいるって、それその子かな。」

「気持わるいからだれも話したりしないんだって。手とかよくぶるぶるふるえてて気持わるいんだって。」

「その子なんみょうさんいってんじゃないの。」

そばにいた高野《たかの》くんが言った。

「鶴見さんちいってるだろ。見たよおれ。」

「そうなのはるちゃん。」

「来てるよ。」

わたしはみんなにみつめられて声を上ずらせた。

「遊びにくるよ。別に気持わるくないよ。ふつうの子だよ。」

「はるちゃんやさしいから。」

久美ちゃんが言った。

「ほんとにふつうだよ。」

わたしは力をこめて言いながら、帰りにひかるちゃんに会いにいこうと思っていた。


ひかるちゃんはひとりで家にいた。学校は休んでいた。ママもパパも仕事だった。

ひかるちゃんはいつもひとりでいる。

「アンパンマン見ようか。」

「今日アンパンマンじゃないよ。つまんないよ。」

「じゃ、お姫さまかく?」

「かくかく。」

ひかるちゃんは絵をかくのがうまくない。幼稚園児のようなゆがんだ絵を力をこめてかく。色鉛筆もクレヨンもばきばき折れてすぐにつかいものにならなくなる。なにをかいてるのかわからないことも多い。今赤く赤くぬりつぶしつつあるものも、わたしにはなにかわからない。

「まっかだね。」

「もえてんだもん。ごうごういうの。」

「たき火？」

「火事だよ。学校の近く。」

「学校の近く？」

「夜だしね、まっかっか。これはけむり。」

「火事があったの？」

息がとまりそうだった。すぐに言いかえた。

「火事が、あるの？」

ひかるちゃんは顔を上げた。

「ひみつだよ。言っちゃいけないんだって。」

「いつ？」

「わかんない。ママは言うなって。あたしも言わない。気持わるいって言われるから。」

「そうだね」

わたしは息を整えた。

「言わないほうがいいね。ママにも言わないほうがいいかもね、これからはね。」

ひかるちゃんは不安そうにわたしを見上げた。わたしはわらってみせた。

「心配するでしょ。わたしに、あとうちのおかあさんにね、今からは教えて。ママはびっくりしちゃうからね。」

「あたし、気持わるいって。」

「ちょっとびっくりしちゃうんだよ。」

「みんな言うよ。」

「みんなね。わかんないからね。」

「ママもパパもだよ。」

わたしはなぐさめる言葉を思いつかなかった。

「ママも、パパも、わかんないんだよ……」

ひかるちゃんはうつむいて泣きだした。落ちた涙がクレヨンの赤にはじかれて、ころころところがった。

わたしはひかるちゃんの背中をうしろから抱きしめた。

ひかるちゃんがかいた火事の絵は、わたしが家に持って帰った。その理由を、ひかるちゃんはきかなかった。ひかるちゃんには、なにもかもわかっている。

いつも帰るのが遅い和花ちゃんが先に帰っていた。台所の椅子にすわって食卓につっぷしていた。寝てるのかと思ってそっと戸をあけたら、頭を上げた。

「おかえり。」

その顔は青いというより黒かった。目が大きくとびだして見えた。

「ただいま。調子わるい？」

「最悪。早退したの。」

「寝てなきゃ。」

「寝たくない。」

そう言うとまたつっぷした。

「ここんとこずっと顔色わるいよ。熱あるんじゃない？」

「ないよ。熱がなくなってくの。」

その言葉どおり、和花ちゃんの額は冷たかった。

「はるちゃん帰ってきてくれてよかった。」

じきにおかあさんもおとうさんも帰ってきた。ふたりで畑に出ていた。

「ほんとに顔色わるいなあ。」

おかあさんもおどろいた。

「明日先生んとこいきなさい。」

「これは寝てないからよ。」

和花ちゃんはだるそうに頬杖をついた。

「眠れなくて……眠くてたまんないのに。晩ごはんなに？」

「しゃぶしゃぶだよ。」

「すごい、きっと元気出るよ。」

和花ちゃんはちょっとわらった。

「なんかあったの？」

「地まつりがあってな」

言いながらおかあさんは肩をすくめた。

「けっこうつつんでもらっちゃったんだけど。」

　おとうさんも頭をかきながら苦笑いしている。

「まあやらねえわけにもいかねえし」

「よけいなこともいえねえしな」

「なにかあったの？」

「いったら寝てたんだよ、おじいさんが。注連《しめ》張った真ん中、更地の真ん中に、はだかでな。やせたおじいさんが、帰れっていうんだよ。さっさと帰れって。行き倒れじゃねえかと思うんだけど。」

「どうしたの？」

「そんなの、祓えるわけねえよ。そこに寝てんだもん、しょうがねえよ。」

「でもそんなこといえねえしな。」

「いえねえよ、よけいなことだもん。気いわるくするよ。せっかく新しい家建てるっていうのに。」

「祓えねえともいえねえしな」

「きかれるからな、なんでって」

「まさか」

「しょうがねえよ。ひととおりお祓いしてな、帰ってきた。」

「おじいさんは？」

「寝てたよ、ずっと。」

わたしも和花ちゃんも吹きだしそうになったけど、お客さんのことを考えてこらえた。

そのせっかくのしゃぶしゃぶも、和花ちゃんはほとんど食べなかった。


「なんみょうほうれんげえきょうなんみょうほうれんげえきょう」

毎朝同じ時間に水行をしていると気温の変化がよくわかる。水が冷たくてばらばらと痛い。その痛みが少しずつ和らいできていた。

でもちっとも楽にはならなかった。三月という響きに、日一日とあたたかくなることを期待してしまうからなんだろう。毎朝毎朝、自分が思うよりも寒い。腹を括っていただけ、真冬のほうがましなくらいだ。庭の隅の霜柱も高い。

その朝、和花ちゃんはとうとう起きてこなかった。

「月経が重いみてえだ。」

おかあさんがぽつりと言った。おとうさんがばっと新聞から顔を上げた。

「それは」

おとうさんの顔はあおざめていた。ただごとじゃない表情だったけど、それ以上は言わなかった。

「たぶんな、まちがいねえと思う。」

おかあさんはおとうさんにうなずいてみせた。わたしにはなんのことだかわからない。

「そんなに重いの？」

「血がとまらねえんだな。」

「病院いかなきゃ。」

「そうだなあ」

おかあさんはおとうさんを見た。おとうさんは何事かうなずいた。

「まあ様子をみよう。」

おとうさんとおかあさんはわたしになにかかくしてるみたいだった。わたしはいたたまれなかった。金魚の水槽に立っていき、餌をやった。やってから、ごはんを食べる前に餌をやっていたことを思いだした。

いつもより餌が多いことにも気づかない金魚は、水面にひろがった色とりどりの餌を水といっしょに吸いこんだ。その間にもどんどんうろこがはがれおちている。うろこの落ちた部分はうすす青くてらてらと光っている。このまま脱皮したら青い金魚になるかなとぼんやり思った。そのころには和花ちゃんも元気になってるかな。ひかるちゃんが言ってたたいへんなことってこのことなのかな。

わたしは水の中に手を差しいれて金魚を抱きあげ、その向きをかえてやった。金魚は手の中で激しく暴れ、ぬめぬめとしたひれでしずくを散らしたけど、水の中に入れるとすぐにおとなしくなった。

わたしは自分のてのひらを見た。生臭くぬれたてのひらにはうろこが何枚もついていて、蛍光灯の光をきらきらと反射していた。

久美ちゃんは今朝もわたしを待たせた。髪をおさげにする日はきまっていつもより時間がかかる。ねぐせが直らなくて、それを直そうとたくさんの髪とさんざん格闘して、それでようやくあきらめてふたつのおさげにするからだ。さらさらでまっすぐな長い髪をおろしているときより、おさげにしてるときのほうが多いので、みんなは久美ちゃんはおさげが好きなんだと思ってるけど、ほんとはねぐせの直らないときのほうが多いというだけのことだった。

わたしの髪の毛は久美ちゃんと逆で、ふわふわして先がくるくるまるまる。ふしぎなことに和花ちゃんもおかあさんも同じような髪の毛をしている。おとうさんも短い髪はやわらかく波打っていて、パーマをかける必要がない。

久美ちゃんのぱっちりした目や、まっしろな肌や、すんなりのびた手足や、そのほかあらゆるものをわたしはいつもうらやましがったけど、髪の毛だけはとりかえたいと思ったことがなかった。いつも二つにわけて耳のうしろでゴムでくくるだけの髪だったけど、この髪の毛のおかげでわたしはわたしの家で居心地よくいられた。

「きょうもはるちゃん山中くんと帰るの？」

久美ちゃんは上目づかいできいてきた。

「帰らないよ。久美ちゃんまで誤解しないでよ。あのときだけだったんだから。」

「なんであのときだけなの？　毎日いっしょに帰ったらいいじゃん。」

「だから山中くんわたしのことなんてぜんぜん……それより今うちたいへんなんだから」

わたしは話をかえようとした。

「和花ちゃんは寝込んでるし、金魚も調子わるいし……」

「金魚ってあの大きな金魚？」

「そう、なんかね、うろこがはがれてるの。」

「死んじゃうんじゃない？」

久美ちゃんはあっさり言った。

「だいたい金魚ってあんなに長生きしないよね。」

わたしの反応も見ずに久美ちゃんは淡々とつづける。

「あたしも香取さまで金魚すくったことあったけど、気持わるくなっちゃって。はるちゃんちの金魚みたいに何年も何年もずーっと生きてたらどうしようと思ってさ、それでずーっと大きくなっちゃって水槽より大きくなっちゃったらどうしようって。それでトイレに流しちゃった。」

「金魚を？」

久美ちゃんは軽くうなずく。

「なんで？」

「だってずーっと生きてたら気持わるいじゃん。はるちゃんちの金魚もやっと死ぬんじゃないの？」

わたしはうなずけなかった。うなずいたらその上になにを言われるかわかってた。

久美ちゃんはよかったねときっと言う。


昼休み、給食当番だったわたしと久美ちゃんがかたづけをして教室にもどると、みんなが席をくっつけあって、英単語の暗記をしていた。

「単元テストって明日じゃないの？」

うしろの席のたえちゃんにきくと、たえちゃんといっしょに暗記していたゆりちゃんも恵子ちゃんも顔を上げた。

「なんか明日会議があるから、くりあげて今日テストするんだって。」

「五時間目に？」

「みたいだよ。」

「ひどいよねいきなり。」

「実力がわかるって先生喜んでたよ。」

わたしも久美ちゃんといっしょに暗記しようとしたけど、いつのまにか久美ちゃんはいなくなっていた。わたしは変だなと思った。トイレにもひとりでいけない久美ちゃんが、わたしになにも言わずに教室を出ていくとは思えなかった。

しかたがないのでわたしは自分の席にすわって英語の教科書をひらき、単語を暗記しはじめた。でもひとりになると、和花ちゃんのことや、ひかるちゃんのことや、脱皮しかけた金魚のことなんかが、とりとめもなく思いだされて、見つめているはずの英単語がどんどん遠ざかっていった。

今日はそのうえに死んだおばあちゃんのことまで思いだした。おばあちゃんは具合がわるくなっても病院にいかなかった。先生が往診にくるのだけは受けていたけど、入院はしなかった。祈祷所の脇座敷に布団を敷いて、ずっと寝ていた。三日寝て、三日目の夜に死んでしまった。わたしはおばあちゃんにきいた。おばあちゃん、死んじゃうの。お母さんがいなくなってすぐだった。わたしはお母さんの顔をおぼえていないのに、おばあちゃんの顔はよくおぼえている。わらい皺だらけでくちゃくちゃになった顔だった。死ぬかもしれねえなあ。おばあちゃんはわらってた。わたしはおばあちゃんは死ぬのがこわくないんだと思っていた。おばあちゃんにはなんだってわかるから。自分が死ぬことも、死んだ先のことも、なにもかもわかっていて平気なんだと思っていた。

おばあちゃんは死ぬの平気なんでしょ。わたしがきいたら、おばあちゃんはこたえた。おばあちゃんだって死ぬのこわいよ。おばあちゃんだってなにもわかんねえよ。いつ死ぬのか、死んでどこにいくのか。でもわかんねえから生きるんだよ。わかんねえから知ろうとするんだよ。ここに来るひとたちと同じだよ。

おばあちゃんが死ぬのが平気なわけじゃないことを知って、わたしはおばあちゃんが死ぬのがこわくなった。それからおばあちゃんの寝ている脇座敷には近寄らなかった。それっきり、おばあちゃんは死んでしまった。

今思えばおばあちゃんはとても大事なことを教えてくれてたのかもしれない。実の母親に置いてかれたばかりのわたしに。

英単語はいっこうに頭に入ってこない。せめて久美ちゃんがいれば、意味のないおしゃべりでもして、いろんなことを考えないですむのに。久美ちゃんはこういうとき、まっさきにあきらめて投げだしてしまうひとだった。そしてわたしの勉強のじゃまをした。

久美ちゃんが教室にもどってきたのはチャイムが鳴る寸前だった。なぜか山中くんも久美ちゃんといっしょに教室に入ってきた。わたしはおかしいなと思ったけど、そのあとすぐ単元テストがはじまってしまったので、おかしいなと思ったことさえ忘れてしまった。


家に帰ると、和花ちゃんは部屋で寝ていた。おかあさんがそばについていた。わたしが部屋に入っていくと閉じていた目をひらいた。和花ちゃんの顔は一日で別人のようになっていた。目が血走って頬がこけ、肌はかさかさだった。白粉《おしろい》かなにかをぬりたくっているみたいだった。ただの病気じゃないことはわたしにもわかった。

「ただいま。」

わたしは平静をよそおって和花ちゃんに声をかけた。和花ちゃんはのどの奥で、あ、だか、う、だかうなった。

「ちょうどよかった。はるちゃん和花ちゃんのそばについていてたげてな。」

おかあさんはわたしと入れちがいに部屋を出ていった。

ついてるといっても、熱があるわけでもない和花ちゃんのそばでなにをしていればいいのかわからなかった。話をしてもうるさいだけだろうし、第一さっきからまた目を閉じて、眠ってしまっているようだった。

わたしは和花ちゃんの勉強机の椅子を引きよせて腰掛けた。窓から見える空は深みを増しつつあった。もう日が暮れる。

静かだった。和花ちゃんが黙っているとこんなに静かだということを知った。それは耐えがたいほどだった。いつもどれだけ和花ちゃんのおしゃべりに自分が頼っていたかわかった。和花ちゃんの息をする音さえきこえない。寝返りぐらい打ってくれればいいのに、髪の毛の一筋も動かない。

夕暮れの空をこうもりがひらひらと飛んでいった。そのこうもりもきいとも鳴かない。

　不意に和花ちゃんが死んでるんじゃないかと思った。おばあちゃんはこうやって死んだ。だれも知らないうちに、息がとまっていた。わたしは和花ちゃんの額に手をのばした。

「きこえる。」

　和花ちゃんはわたしが手を触れる前に目を見開いた。わたしはぎょっとして手を引っこめた。

「きこえる。」

　和花ちゃんは天井をみつめていた。

「なにが？」

「赤ちゃんが泣いてる。」

「赤ちゃん？」

「泣いてる。きこえないの？」

　和花ちゃんはわたしを見た。わたしは耳をすました。なにもきこえない。

「きこえないよ。」

「そうだね……きこえなくなった。」

和花ちゃんはまた目を閉じた。わたしはあたりを見回した。赤ちゃんなんて、もちろんどこにもいない。泣き声だってきこえたことはない。ここ何年か、近所に赤ちゃんは生まれてない。畑を渡る風に、泣き声が運ばれてきたのかとも思って窓の外を見た。夜が近づきつつあった。

夜になって先生が和花ちゃんを診にきてくれた。わたしもおかあさんも席をはずした。

「赤ちゃんの泣き声がするって言ってた。」

わたしがおかあさんに言うと、おかあさんもうなずいた。

「しねえのにな。前から言ってんの。赤ちゃんの泣き声がして眠れねえって。はじめ、だから水子かと思ったんだよ。」

おかあさんはお茶をすすった。おとうさんは新聞を読んでいた。いつもの光景だった。ふたりとも、わたしにくらべてそれほど和花ちゃんの心配をしていないようだった。

「水子なの？」

「ちがうちがう。たぶんな、月経重いし、あたしのときとおんなじ。」

「なんのサワリ？」

「サワリ……まあサワリのうちだな。おかあさんはなあ、おしらしがきてんだと思ってんだよ。」

「おしらし？」

「祈祷師になれって神さまからのな。和花ちゃんに祈祷師になれって神さまが言ってくるんだよ。」

「神さまが？」

「そうだよ。知らなかったっけ？」

わたしは知らなかった。祈祷師というのは修行してなるものだと思っていた。もちろん向き不向きはあって、わたしにはむいてなくて和花ちゃんにはむいてるということぐらいはわかってたつもりだったけど。

「みんな神さまが教えてくれるんだよ。おばあちゃんは十五でおしらしを受けたし、おかあさんは二十歳のときだった。和花ちゃん生んですぐ。それがいやでなあ。もうこの家出てたし、もともとおばあちゃんの仕事が嫌いだったんだよ。貧乏くさいし、気持わるいし、よくいじめられたしなあ。家に残って百姓やってたおとうさんのほうにくるかと思ってたのに、嫁に出たおかあさんのほうにくるんだもん、頭にもきてなあ。あたしはいやだって言ったんだよ、神さまに」

「神さまに？」

「そう、いやだ、なりたくねえってな。神さま、鬼子母神さまなんだけどな、そういうわけにはいかない。おまえは人助けをすることになってる。やらないでいれば苦しむだけだってな。いや、ほんと」

　おかあさんはまたお茶をすすった。

「苦しんだわ。」

「病気になった？」

「とにかくだるくってだるくって起きあがれねえようになって、お医者さんに診てもらってもわるいとこはねえって言われて、夜になると神さまが出てきて人助けをしろ人助けをしろって。和花ちゃんはひきつけおこしたみたいに一日中泣いてるしダンナは怒るしダンナの親はひどい嫁だってわめくし」

　おとうさんはめずらしく新聞を脇に置いて話をきいていた。

「おばあちゃんが教えてくれてなあ、和花ちゃんが三つになるまで待ってくれるよう神さまにお願いしろって。あたしも必死だからお願いしてなあ。神さまだますわけよ。祈祷師になんてなりたくねえんだから。とりあえず三年だましてな、三年たったら必ずなるつって」

「だませたの？」

「だませたんだかどうだか、神さまにはなんでもお見通しだからなあ、とにかく体はもとにもどって和花ちゃん育ててな、すっかり神さまとの約束なんて忘れてたんだよ。そしたら和花ちゃんの三歳の誕生日の晩に神さまがきてなあ、三年たったぞって。」

　おかあさんはまたお茶をすすった。おとうさんが流しに立っていってお茶をいれなおした。

「こんどのおしらしはすごかったわ。もう嫁入り先でも気味わるがられて追いだされてな、まあこっちでもあんな薄情な家はごめんだったけど、朝晩人助けしろ人助けしろって頭はがんがんするし」

「おまえはえらかった。」

おとうさんがぼそりと言った。

「そう、あたしそれから三年いやがったんだよ。すごいでしょ。いやだいやだって逃げまわって。北海道まで逃げたんだよ和花ちゃんつれて。でもついてくんだよ、神さまは。しまいに和花ちゃんが熱出してな、一週間もひかねえんだよ。あんときは死ぬかと思ってな、和花ちゃん人質にされたらたまんねえよ、ここ帰ってきてな、ごめんなさいって。人助けしますからゆるしてくださいって」

「なおった?」

「なおったよ。もうしょうがねえからな、ここで祈祷師はじめたんだよ。おばあちゃんといっしょにな。」

わたしの体は細かく震えた。神さまがそんなことを言ってきたり、したりするなんて想像もしてなかった。

「おとうさんにもおしらしきた?」

「おとうさんにはこなかった。」

おとうさんはこたえながら新聞をひろげた。

「じゃ祈祷師じゃないの？　なんで水行してるの？」

「祈祷師にもいろいろあるんだよ。」

　おかあさんが言った。

「行ってのはな、おかあさんたちにはひとのサワリがみえるだろ、それを祓ったりするだろ、そんときにうっかりしてるとこっちにおおいかぶさってくるんだよ、モノがな。そうならねえように鍛えとくんだよ。そのための、まあ、訓練みたいなもんだな。自分を高めとくんだよ。」

「祈祷師の、行く末あわれってな。」

　おとうさんが新聞の陰でつぶやいた。

「祈祷師の間ではそう言うんだよ。」

　ききかえそうとしたわたしに、おかあさんがひきとって説明してくれた。

「おかあさんたちはな、ひとについてる霊だのほとけさんだのを祓うだろ。うかうかしてるとそれが全部こっちきちゃうんだよ。だからいつでも、いつまでもおかあさんたちは修行してなきゃいけねえんだよ。うっかりしてるとたかられてひどい目に遭う。長生きはできねえんだよ。力がなくなったときが、死ぬとき。おばあちゃんも死ぬまで水行してただろ。おばあちゃんはたかられないで、力のあるまま、あの世へいけた。」

「おかあさんは」

わたしは震えがとまらなくなっていた。

「おかあさんは水行してない。」

おかあさんは去年の秋から水行をよしている。顔色はすぐれないままだ。まだまだ水をあびられるとは思えない。もしかしたらもう水行なんてできないかもしれない。そうしたらモノにたかられてしまう。

「そうだな。でもそのぶんはるちゃんがしてくれてるだろ。おとうさんも、ずっと前から。だからだいじょうぶだよ。うちはだいじょうぶ。おかあさんのサワリは和花ちゃんが祓ってくれる。おとうさんも祓ってくれる。はるちゃんは水行してくれる。」

おかあさんははるちゃんも祓ってくれる、とは言わなかった。わたしには、ほんとに、水を浴びることしかできない。こんな話をきいて、震えをおさえることもできない。和花ちゃんは祈祷師になろうとしているのに。

先生が二階から下りてきた。頭をかいている。

「わかってんだべ、和子さんには。」

「ええ。」

おかあさんはほほえんでいた。

「あの子、おしらしを受けてるんです。」

おかあさんは先生の顔を見上げた。

「祈祷師になるんです。」


昼休み、久美ちゃんが、こっくりさんしようと言いだした。

「なにきくの？」

たえちゃんがききかえした。

「ききたいことなんていっぱいあるよ。あるでしょ？」

「そりゃあるけど」

恵子ちゃんもやりたがった。ともちゃんも加わって、五人でわたしの机を囲んだ。

久美ちゃんがかいた五十音の下に、十円玉が置かれた。

「じゃあ指おいて。」

恵子ちゃんが合図した。わたしは震えてるのを気づかれないようにさっと人差指を置いた。おかあさんの言葉を忘れたわけじゃなかった。しっかりおぼえていた。ひかるちゃんも、和花ちゃんもたいへんなことになった。でもわたしはならない。サワリもおしらしも受けないわたしに、こっくりさんがのっかってくるはずがない。力をこめたわたしの人差指に、久美ちゃんが人差指を重ねてきた。

「力抜いて。……じゃああたしよぶよ。」

恵子ちゃんが興奮で頬を赤くして言った。教室の他のひとたちまで、ものめずらしそうに机のまわりに集まってくる。離れてすわっているひとたちも、話をやめてこちらをうかがっている。山中くんはとなりの席にすわったまま、にやにやして見ている。

「こっくりさんこっくりさんおいでください。」

恵子ちゃんの声は低くなった。

「こっくりさんこっくりさんおいでください。」

十円玉は静かだ。こんなものがほんとに動くんだろうか。わたしはあらためて指の力を抜いた。

「おいでくださったら、はいのほうへお動きください。」

そのとき、十円玉がゆれた。わたしはおどろいて指をひっこめそうになった。その指を曳いていくように、十円玉ははいの文字まですべっていった。

「動いたよ。」

「すごい。」

まわりにいたひとたちが歓声をあげる。十円玉はなめらかに動いた。ためらうことなく、迷うことなく、わたしの指を曳いていった。

「だれか動かしてない?」

京子ちゃんが言った。みんな首をふった。

「こっくりさんこっくりさんあなたは男ですか。」

十円玉はいいえのほうにすべって、とまった。

「女のひとだ。」

「次なにきく?」

「じゃあねえ」

久美ちゃんはくすくすわらった。

「こっくりさんこっくりさんはるちゃんのこと好きなひとはだれですか。」

「やだ、なんでわたしなの？」

「いいじゃん、山中くんでしょ。」

たえちゃんもわらう。

「順番にきこうよ。」

「そのひとの名前を教えてください。」

わたしはとなりの席の山中くんの顔を見られなかった。山中くんがわたしのことなんてなんとも思ってないことを、わたしが一番よく知っている。案の定、十円玉はぴくりともしなかった。

「あれ？」

「動かなくなったよ。」

「だからちがうって言ってるのに。」

「じゃあ、山中くんの好きなひとはだれですか。」

恵子ちゃんが質問をかえた。山中くんがどんな顔をしてたのか、わたしにはわからなかった。ただ、山中くんはとめなかった。

十円玉はゆっくりと動きだした。まず、たの字へ。ついできの字へ。も、と、ときたときには歓声があがった。

「久美ちゃんだ！」

「でも滝本さんってたくさんいるから」

恵子ちゃんの言葉が終わらないうちに十円玉はよどみなくすべっていった。く、み。

「久美ちゃんだ！」

「なんで？」

「はるちゃんつきあってたんじゃないの？」

「山中くんそうなの？」

「すげえ。」

声の入り交じる騒ぎの中で、十円玉ははじけ飛んで床を転がっていった。久美ちゃんはなにも言わなかった。転がった十円玉をうつむいて拾っていた。

じきに昼休みは終わって、だれもこっくりさんをかえさないままだった。

あめやの庭先の辛夷《こぶし》が白い花をひらきはじめていた。昼下がりの風は強かったけど、日差しは柔らかく、晴れた空も白くけぶって、春が近いことを感じさせた。

わたしと久美ちゃんは、一言も口をきかなかった。久美ちゃんはずっとうつむいていた。わたしは気をつけて久美ちゃんのほうを見ないようにしてた。

久美ちゃんは、自分の家の高い生垣まで来て、不意に足をとめた。

「ごめんね。」

「いいよ。」

わたしはとっさに言った。なにがごめんなのかなにがいいのかわからないくせに。

「あたし、言えなくて」

久美ちゃんはわたしの顔をはじめて見上げた。

「どうしても、言えなくて」

久美ちゃんはこういうとき、いつもずるかった。さっさと話してくれればいいのに、相手がききかえしたり問いつめたりするまでぐずぐずひきのばす。

「なにが？」

わたしも、ききたくないのにきいてしまう。

「どうしたの？」

久美ちゃんはまたうつむいた。わたしは辛抱強く重ねてきくはめになる。

「言って。」

そういう自分がいやでたまらない。

「あたしね」

久美ちゃんはまた顔を上げた。

「昨日のお昼休み」

久美ちゃんの声は苦しそうにかすれた。

「告白されたの。」

「山中くんに？」

その言葉まで、久美ちゃんはわたしに言わせた。

わたしをみつめる久美ちゃんの目がみるみるうるんできて、じきに頬をつたって流れだした。足許にぽたりぽたりと落ちる。どうしてこのひとはこんなにきれいに泣けるんだろう。

「ごめんなさい。」

久美ちゃんはわたしの首にしがみついてきた。

「ごめんね、ごめんね」

わたしは久美ちゃんに抱きつかれたまま考えてた。久美ちゃんは少女まんがが大好きで、いつでも自分をその主人公のように思ってる。廊下を歩いてても、わたしとしゃべってても、自分が中心の絵を頭に描いてる。今はそのクライマックスだ。久美ちゃんの顔をアップにすればきっととても絵になる。感動的だ。でもわたしは？　ふられたうえに恋敵に泣きつかれて今ぼうぜんと立ちすくんでる。みっともないったらない。

「もういいよ。」

わたしは久美ちゃんの体をひきはがした。久美ちゃんは名残惜しそうに離れた。もっと泣いてたかったんだろう。

「わたし、ほんとに山中くんとはなんにもないいんだから。」

これはほんとだった。

「べつに、ほんとになんとも思ってないし。」

言いながら、これは嘘だと思った。はじめて、自分が山中くんを好きだったんだなあと気づいた。でもちっとも苦しくない。そんなことで泣いたりなんてとてもできそうにない。苦しいのは、久美ちゃんの少女まんがにつきあうことだ。

「わたし、帰るね。」

「もうあたしのことさらいになった?」

「なってないよ。」

「ほんと?」

「ほんとだよ。」

言いながら、これも嘘かもしれないと思った。告白されたされないはともかく、こっくりさんに乗じて思いしらせるなんて友達のすることじゃない。いくら盛上がりがほしくったって。

でもわたしには責められなかった。こどものころから、わたしは久美ちゃんのまんがの登場人物のひとりにすぎなかった。いまさら主人公をとってかわろうなんて情熱は生まれてこなかった。第一わたしじゃ役にふさわしくない。

わたしをみつめる久美ちゃんはまだ涙目だ。人前でこんなふうに泣けるひとじゃなきゃ、主人公にはなれない。

「じゃあまた明日ね。」

わたしは久美ちゃんに背をむけて駆けだした。観音さまの前を抜けて、上の店の角を曲がるとき、ふりかえると、まだ久美ちゃんは立ったままで、こちらをじっと見ていた。表の高い生垣をしょって、表の高い屋根をしょって。

香取さまの焼け跡まで来て、わたしは足をとめた。

仮拵《かりごしら》えの神殿の脇に、小学生くらいのこどもたちが集まってなにか騒いでいる。遠いのでよくわからないけど、みんなでだれかをいじめてるようにも見える。

いじめてるのならとめなくちゃと思って早足で近づくと、どの子もこのへんで見かけたことのない顔だった。口々に悪口を言いながら、ひとりの女の子に砂や落葉をかけている。

わたしはどきりとして立ちすくんだ。いじめられてる子はひかるちゃんだった。信じられない気持に動けなくなる。その間にもひかるちゃんの小さな顔やおさげにした髪の毛が汚されてく。

「あんたたち、なにしてんの」

わたしは近くにいた男の子の腕をひっぱりながら言った。あどけなく歪んだ顔が一斉にわたしをふりかえった。小さい子ばかりだ。どの子もひかるちゃんより体が小さい。二歳年下の、ひかるちゃんの同級生なんだろう。

「ひかるちゃんがなんかしたの」

ひかるちゃんはこどもたちの足許にうずくまったままだった。髪の毛やスカートにかかった砂をはたいて落としながら、わたしは黙りこんだこどもたちをにらみつけた。走って逃げだすかと思ったけど、こどもたちは動かない。わたしを、ただ、見てる。

やがてひとりの男の子がつぶやいた。

「だってそいつ人間じゃないんだもん。」

もうひとりの男の子もつぶやいた。

「ばけものだもん。」

「きもちわるいもん。」

「ばけもの」

ふたりの女の子がそう叫びながら駆けだしていった。残った男の子たちもじきにそのあとを追っていってしまった。

うずくまったままのひかるちゃんは動かない。わたしは優しくその背中をさすった。

「もうだいじょうぶだからね。起きられる？」

ひかるちゃんは上体をゆっくりと起こした。顔にも砂がかかってたけど、泣いたあとはなかった。

「あの子たちどこの子？　ここらへんの子じゃないね。」

「知らない。同じクラスの子。学校から追いかけてきた。」

わたしはひかるちゃんを抱きあげるようにして、倒れた石灯籠《いしどうろう》の上に腰掛けさせた。すりむけたひざこぞうからは血が流れていた。

「ひどいね。なんかあったの？」

わたしはちりがみで血を拭いながらきいた。ひかるちゃんは痛がりもせず、ぼんやりわたしのすることを見てた。

「このまえね、おわかれ遠足の日に、雨がふったんだ。」

ひかるちゃんの言葉はあまりに唐突で、わたしは、ただ、ひかるちゃんの顔を見上げた。

「それでね、あたしのこと、気持わるいって」

ひかるちゃんの右の目から、ぽたりと涙のしずくが落ちた。

「あたしのせいで雨がふったんだって」

左の目からもしずくが落ちた。

「人間じゃないって」

「そんなの、ひかるちゃんのせいじゃないじゃない。そんなことで」

「あたしなんにもできないもん。遠足の日に雨がふるってわかってたって、はるちゃんがかなしかったり、和花ちゃんがたいへんだったりしても」

わたしはぞっとした。ひかるちゃんは久美ちゃんとわたしのことまで知っていた。

「あたしなんにもできない。なんにもできない。なんであたしにだけわかるの？」

ひかるちゃんはもう泣いてなかった。怒ってるみたいだった。こぶしに力がこもっていた。

「なんにもできないのに。」

「ごめんね。」

わたしは、サワリのときのひかるちゃんの、震えてつっぱる小さな手を思いだした。

わたしはその手を握りしめてやることすらできなかった。今も、わたしにはなにもしてあげられない。

「わたしだって、なんにもできない。」

わたしはくりかえした。

「わたしには、なんにもできない。」

「いいよ。はるちゃんは、いいよ。」

ひかるちゃんはわたしの肩をたたいた。ひかるちゃんはあのときもそう言ってくれた。サワリを祓ってあげられなかったわたしに。

わたしは汚れたランドセルを拾いあげ、砂をはらってしょわせてあげた。そのランドセルが、二年生にしては体に合わず小さく見えるのがかなしかった。

「人間になりたいな。」

ひかるちゃんはわたしと手をつないで言った。

「いつになったらなれるのかな。」

「ひかるちゃんは人間だよ。」

ひかるちゃんはうつむいて首を横にふった。

「ばけものだよ。」

ひかるちゃんは顔を上げた。

「ばけものが、みえるんだから。」


家に帰って、トイレに入ると、下着が血に汚れていた。学校からの帰り道でいつのまにか流れだしていたらしい。

小学校の六年生のときにはじまった月経は、もうだいたい規則正しくなっていた。ほんとならあと一週間してからはじまるはずだった。和花ちゃんの重い月経がうつったんだと思った。月経はほんとにうつる。小学校の修学旅行では久美ちゃんにうつされて迷惑だった。今でも、トイレでおかあさんや和花ちゃんの月経用品を見るだけでうつってしまう。

下腹部の鈍痛がやってきていた。洗面所で下着を洗いながらおなかをおさえた。わたしは腰痛もひどい。月経は重いほうだ。

和花ちゃんの重い月経ってどんなんだろう。わたしは水道の水に流れだす血をみつめながら思った。わたしだって月経は重いのに。なんでわたしじゃないんだろう。なんでわたしにこないんだろう。毎朝水行だってしてるのに。

わたしは水をとめなかった。嗚咽《おえつ》を和花ちゃんにきかれたくなかった。

こっくりさんだってわたしにはのっからない。だれのサワリも祓えない。そもそも、モノがのっかってきたことすらない。なにもみえない。なにもきこえない。まして神さまの声なんて。

わたしはしゃくりあげつづけた。内腿を、ゆっくりと、なまあたたかい血が流れていった。


次の日の朝も、和花ちゃんは起きてこられなかった。

わたしたちは三人で、静かな食卓を囲むしかなかった。わたしのお茶漬けをかきこむ音や、おとうさんが生卵をかきまぜる音が、やけに大きく響いた。

「おかゆも食べられないって。先生に点滴打ってもらったほうがいいんじゃないの。」

わたしが空になったお茶碗を見下ろしながら言うと、おかあさんは小さくつぶやいた。

「ほっとこ。」

おとうさんも茶碗に卵をそそぎながら言った。

「おかあさんのときだってなんも食わなかった。」

「おはようございます。」

玄関の格子戸がひらかれた。ききなれた声だった。

「本田《ほんだ》さんだ。」

おかあさんがはっと立ちあがった。

「月参りだっけ。」

おかあさんはあたふたと玄関へとびだしていった。

本田さんは二代に亘るうちの信者さんだ。町で花屋を経営してるので、月参りのたびに鬼子母神さまにお供えする花を届けてくれる。おかげでおばあちゃんの代から、一日と十二日の月に二回、信者さんが集まる月参りに、うちでは花を買ったことがない。

「今日はチューリップもまぜてきたけど、どうかね。和美さん好きだったよな。」

本田さんの太い声は台所まで響く。二階の部屋で横になっている和花ちゃんの耳にも届いてるにちがいない。

「それはいいけど、なんで今日来たの？　月参りはあさってだんべよ。」

「それが明日は用事があってなあ、当日持ってくるわけにもいかねえっぺ？　ちょうどあさってに咲きそうなやつだけえらんできたから、いいだろ。」

「まあ忙しいんだなあ。そしたらあっちいってもらおうか。あとでお茶ぐらい出すから。」

おかあさんと本田さんの話し声は遠くなっていった。わたしはお茶碗を流しに運んで、金魚に餌をやった。

「月参り、あさってだったたな。」

うしろでおとうさんがつぶやいた。わたしもおとうさんも和花ちゃんのことで頭がいっぱいで、月参りのことなんてすっかり忘れてた。きっとおかあさんも本田さんのどら声ではじめて思いだしたにちがいない。

学校へいく前に和花ちゃんの部屋に様子を見に入った。

カーテンをあけた明るい部屋で、和花ちゃんは目を閉じていた。まぶしいだろうと思ってカーテンを引くと、和花ちゃんは目をあけた。

「あけといて。」

「まぶしくない？」

「暗いのはこわい。」

わたしはカーテンをあけた。

「おとうさんは？　もういった？」

「まだ庭にいるんじゃないかな。本田さん来たし。」

「おとうさん、今日は畑？」

「どうだろ。なんにも言ってなかった。」

「車乗るかな。」

わたしは和花ちゃんの顔をみつめた。この不安げな表情は見たことがある。ひかるちゃんが先のことを知ってしまったときの顔だ。

「和花ちゃん……」

わたしのあおざめた顔に和花ちゃんは薄くわらった。困ったような照れたような笑いだった。

「あたしもみちゃった。おとうさんが、車で、事故するの。」

「おとうさんに言わなきゃ」

わたしは部屋をとびだした。玄関の格子に手をかけたとき、おとうさんの軽トラックのエンジン音がきこえた。

「おとうさん」

わたしは庭にとびだして叫んだ。

「おとうさん、おとうさん」

白い軽トラックは庭を出ていった。おとうさんを運転席に乗せて。

「おかあさん」

わたしは祈祷所に駆けこんだ。

「おとうさんどこいったの?」

「どうしたの?」

おかあさんはチューリップの花を持ったままおどろいてふりかえった。

「どこいったの?」

「畑よ。」

「どこの?」

「下の店の」

「麦畑ね?」

わたしは麦畑にむかって走りだした。

下の店の麦畑は遠かった。すぐに息が切れておなかが痛くなったけど、わたしは走りつづけた。


おとうさんの軽トラックは下の店の前にとまっていた。前のタイヤをどぶに脱輪して、動けなくなっていた。

「春永、いいとこきたな。」

おとうさんは苦笑いしながらふりかえった。

「手伝ってくれ。」

下の店のおばさんやおじさんが家から出てきた。

「和さん、うまいことはめたなあ。」

「自転車よけたらな、はまったわ。」

おとうさんはめずらしくわらっていた。

「古新聞持ってこうか。」

おばさんが家の中に取りに入った。

「はるちゃん、おまえ、学校は。」

おじさんがわたしに気づいておどろいた。おとうさんもそこではじめてわたしがここにいることのふしぎに気づいたらしい。下の店の麦畑は学校とは反対だ。

「なんでここ来た？」

わたしは肩で息をしながら言った。

「なんでもない。」

なんて言えばいいのかわからなかった。

「遅刻するぞ。」

おじさんが言った。

「かばん取ってこなきゃ。」

わたしはあっけにとられてるみんなに背をむけて歩きだした。

「遅刻するぞ。」

おじさんがまた言った。でももう走る力はなかった。足をひきずるようにして歩いた。

「あの子、脱輪すんの知ってたんじゃねえの。」

下の店のおばさんの高い声がきこえてきた。

「なんみょうさんの子だもん。」

「教えにきたんだべ。」

下の店のおばあさんのしわがれた声もした。そこから先はきこえなかった。

途中で学校へむかう奥のたけしとすれ違った。わたしは久美ちゃんに先にいってと伝えるよう頼んだ。たけしはうれしそうだった。久美ちゃんと話すきっかけができて喜ばない男の子なんていない。

家にもどると本田さんは帰っていた。わたしはおかあさんに事情を説明しながら、いっしょに和花ちゃんの部屋に入った。

和花ちゃんはベッドの上に起きあがっていた。

「おとうさんはだいじょうぶだよ。」

わたしはまず言った。

「トラックがどぶにはまっただけ。下の店のおじさんたちが上げてくれてる。」

和花ちゃんは安心したらしく、ほほえみながらうなずいて、ゆっくりと横になった。

「あんたなにみたの？」

おかあさんは上からその顔をのぞきこんだ。

「おとうさんが運転してるとこ。」

「それから？」

「それから……あっておどろいてハンドル切るとこ。」

「自転車をよけたって言ってた。」

「それだけ？」

「それだけだよ。あとはわかんない。」

「夢みたの?」

「わかんない。頭の中で、ぱあってみえたの。」

「わかった。もう寝なさい。」

「だいじょうぶよ。なんだか今日は調子いいの。」

和花ちゃんはまた起きあがろうとした。

「寝てなさい。」

おかあさんはきつい声を出した。

「ちょっと人助けしたら調子がよくなるんだよ。でもまだまだこんなもんじゃねえ。神さまはもっともっと望んでる。」

おかあさんは和花ちゃんに布団をかけなおした。

「もういっぺん寝なさい。お昼までは寝てなさい。」

おかあさんは考えこんでいた。わたしにいってらっしゃいも言ってくれなかった。

学校についたときには一時間目がはじまっていた。寝坊したと決めつける先生に、わたしは逆らわなかった。

休み時間になると久美ちゃんが席に来た。

「たけしが来てくれたよ。」

たけしは久美ちゃんにとっても幼なじみだ。

「どうしたの？　はるちゃんが、めずらしい。」

「寝坊よ。」

わたしは久美ちゃんにもだれにもなにも言うつもりはなかった。ひかるちゃんには言ってもいいかもしれないけど。

「怒ってんのかと思った。」

久美ちゃんは口許でわらってみせた。それから山中くんにわらいかけた。

「ね。」

山中くんはにやにやしてた。細長い顔がちぢんで、みっともなかった。

「おれのせい？」

「そうだよ。」

山中くんと久美ちゃんはわらいあった。そのとき、うしろの席でたえちゃんが大声を出した。

「さいてえ」

「ほんと最低。」

恵子ちゃんもくりかえした。久美ちゃんも山中くんもふりかえった。そのときチャイムが鳴った。

「ハチブしよ。」

たえちゃんがうしろからわたしの耳にささやいた。ハチブというのは村八分のことだ。仲間はずれにして、口をきかない。わたしは首をふった。

「かたきうったげる。」

わたしはもう一度首をふった。もうほんとに山中くんのことなんてなんとも思ってない。顔をちぢませてわらうひとなんて、ちっとも好きじゃない。

それでも、昼休みには二階の女子トイレの壁に、油性ペンで久美ちゃんの悪口がかかれていた。よくあることだった。みんなが見にいってトイレに入れなくなった。先生がシンナーを持って走ってきた。なんてかいてあったのか、わたしも久美ちゃんも見ないままだった。

学校からはひとりで帰った。つまらないのでひかるちゃんのうちに寄った。

玄関のベルを鳴らすとひかるちゃんのママが出てきた。

「ひかるはいませんよ。」

ママの髪は乱れていた。格好もいいかげんだった。夜勤にそなえて寝てたんだろう。

「おじゃましました。」

出ていこうとするわたしの背中に、ママはぶつぶつとつぶやいた。

「ほんとにあの子ったらふらふらふらふらして……」

ひかるちゃんは香取さまの焼け跡で待っていてくれた。

「ひかるちゃん。」

「おかえりはるちゃん。」

ひかるちゃんはいつもに増してにこにこわらいながら駆けよってきた。

「たいへんだったね。」

「わかるの？」

「わかるよ。」

わたしとひかるちゃんは顔を見合わせ、吹きだしてわらった。ちぢんだ山中くんの顔を思いだして、わたしは笑いがとまらなかった。ひかるちゃんもわらいながら白状する。

「前からおもしろいと思ってた。」

「わたしに気をつかってたんだね。」

「つかってた。だってわらったらわるいもん。」

「ひかるちゃん、今日はどうしてた？」

「学校いったよ。」

「ほんと？」

わたしはおどろいた。昨日あんなにいじめられたばかりで学校にいくなんて、並の神経じゃできない。ましてひかるちゃんはまともに学校にいけない子だった。

「いじめられなかった？」

「ぜんぜん。」

ひかるちゃんはうれしそうにわらった。

「はるちゃんのことおねえちゃんだと思ったみたい。こわいおねえちゃんがいるって、みんな」

「こわいってわたしが？」

「こわいじゃん。」

「こわくないよ。」

「おにばばあだって。」

「おにばばあ？」

「でかいおにばばあだって。」

わたしは自分の小学生のころのことを思いだした。奥のたけしのお姉さんが中学校の制服を着ているのを見て、とても遠いひとに感じた。自分がその制服を着る日がいつかくるなんて思えなかった。昨日のこどもたちも、わたしをとても大きく、とても年上に感じたんだろう。あっという間に自分たちだって大きくなるのに。大きくならないのは、ひかるちゃんみたいにゆっくり年をとる子だけだ。

「よかったね。」

「はるちゃんのおかげ。」

「ひかるちゃんががんばったからだよ、泣かないで。」

ひかるちゃんはわたしを見上げてにっとわらった。えくぼが深くなる。

「今日はなんかみえた？」

わたしはさりげなくきいた。ひかるちゃんはさっとうつむいた。やっぱり、なにか先のことを知ってしまったらしい。

「和花ちゃんのこと？」

ひかるちゃんは首を横にふった。

「わたしのこと？」

ひかるちゃんは顔を上げた。わたしをじっと見た。

「言おうと思って待ってたの。でも、言わない。」

ひかるちゃんはきっぱりと言った。

「決めた。あたし、もう、言わない。」

「無理しなくていいんだよ。わたしならだいじょうぶだよ。」

「ばけものやめる。」

ひかるちゃんはわたしを通りこして、遠くを見た。その目は鋭く、なにかをにらみつけているようだった。

「もう、言わない。みない。なんにも。息をとめるの。たかられないように。」

ひかるちゃんは薄い唇をかんだ。

「息をとめるの。そしたらすうっといってくれる。」

「モノが?」

ひかるちゃんはうなずいた。わたしのうしろをにらみつけたまま。わたしはぞっとしてふりかえった。もちろんなにもいない。焼け跡に張られた注連から垂れる幣《しで》が、風にはためいているだけだった。

「もう、みない。言わない。息をとめるの。」

「それでいいの?」

「ばけものやめるの。これで最後。」

「なにがあったの?」

「帰ったら、わかる。お昼ごろだった。」

わたしはききかえさないことにした。ひかるちゃんはわたしがどんなに望んでも与えられなかった力を、今、捨てようとしていた。

「ばけもの、もう、やめる。はやく、帰って。」

わたしの胸は高く鳴った。葉を落とした篠懸の枝がざわざわとゆれて、境内を横切るわたしの足許を、砕けた枯葉が転がっていった。

祈祷所の生垣のほうから入っていくと、和花ちゃんが庭の隅にうずくまっているのが見えた。びっくりして駆けよると、和花ちゃんは姥目樫の生垣の下を、赤いスコップで掘りかえしていた。

「どうしたの？　寝てなくていいの？」

「おかえり。」

ふりかえった和花ちゃんの顔はあおざめていたけど、しっかりしていた。

「今日は調子いいの。お昼から起きてる。」

「でも寝てなきゃ。ごはん食べたの？」

「今日は食べたの。それより」

和花ちゃんは赤いスコップで足許をさししめした。デパートの包装紙でつつまれたものがあった。

「もう帰ってくるころだろうと思って……」

わたしは包みに手をのばした。

「なにこれ。」

「金魚が……」

和花ちゃんはそれ以上は言わなかった。わたしは和花ちゃんの顔をぼうぜんとみつめた。

「ほんとに？」

「起きたときには、もう浮いてた。お昼過ぎてた。」

「今朝まで元気だったのに。」

わたしは包みをあけようとした。

「見ないほうがいいと思うよ。」

わたしはその忠告をききながしてばらの花で彩られた包みをひらいた。もう一重、新聞紙にくるまれていた。白い腹だけが目立つ金魚の体は、まったく動かなくなっていた。ひらいたままの目は白く濁っていた。うろこの落ちた体には、ところどころ、新聞の活字がうつっていた。

「ほんとだ。」

わたしはぼんやりと死んだ金魚を見下ろした。

金魚の白い腹には、ミテージ流ではない、反対側の腹には、ルを日本が途中で、という活字が鏡文字になってうつっている。うろこのはがれたところには、と、ね、し？　鏡文字は読みにくい。それから心。ミテージ流ではないルを日本が途中でとねし心……わたしは金魚を見下ろしたまま、頭の中で何度もくりかえした。金魚をつつむ新聞の記事は憲法9条について。意味なんてないのに、意味を探してしまう。

和花ちゃんは穴を掘りつづけた。おかあさんもおとうさんもいないらしく、祈祷所も静まりかえっている。スコップが土をすくう音だけが耳についた。

「ああ、ごめん、やらせちゃって。あとはやるから。」

わたしは我に返って金魚をつつみなおした。和花ちゃんは心配そうにわたしの顔を見上げたけど、すぐにスコップを渡してくれた。

わたしはそのスコップでゆっくりと穴を掘った。和花ちゃんも穴のむこうにしゃがみこんで、わたしの手許をみつめていた。わたしはついさっきのひかるちゃんの顔を思いだしていた。このことだったのか。ひかるちゃんは、金魚が死ぬのをみたんだ。おばあちゃんみたいに、だれにもみとられずに死んだ金魚に、ひかるちゃんだけは気づいていてくれてたんだ。

「よく考えたら、おたまじゃくしって脱皮しないんだった。」

和花ちゃんがぽそりとつぶやいた。

「え？」

「考えてたの。おたまじゃくしは脱皮するかなって。よく考えたら、しないね。」

和花ちゃんは和花ちゃんとは思えないほどゆっくりとしゃべった。顔は青白く、頬がすっかりこけて、ずいぶんやせて見えた。

「おたまじゃくしは脱皮しないで、だんだんかえるになるんだった。こうやって、手がはえて、足がはえて」

和花ちゃんは人差指で地面におたまじゃくしの絵をかいて説明してくれた。そう言われてみると、たしかにおたまじゃくしが脱皮せずにかえるになるところを見たことがある。

「なにかんちがいしてたんだろ。」

わたしは自分をわらった。

「金魚が脱皮するわけないじゃんね。」

「病気だったんだね。」

「知らないでかわいそうなことしちゃった。」

「十分長生きしたよ。はるちゃんのおかげで。」

和花ちゃんはゆっくりほほえみかけてくれた。元気なときの和花ちゃんがけっして見せたことのないほほえみだった。そのまま消えていきそうに頼りなげだった。

「和花ちゃん、具合だいじょうぶなの？」

「今日はほんとにいい気分なの。ああ、はるちゃん、もう穴はこれくらいでいいんじゃない？」

わたしはスコップを脇に置き、ばらの絵につつまれた金魚を、そっと穴の底におろしてやった。

「なにか言うことない？」

和花ちゃんにきかれ、わたしは口の中でつぶやいた。

「さよなら。」

和花ちゃんはうなずいて、スコップですくった土を包みの上にかけてくれた。土まんじゅうをつくって、その上に牛殺しの枝を折って供えた。わたしと和花ちゃんはその前にしゃがみ、黙って手をあわせた。

「おかあさんが帰ってきたら、供養してもらおうね。」

わたしは和花ちゃんに肩を抱かれてうちに入った。


おかあさんとおとうさんは日の暮れるころに帰ってきた。役所のひとに頼まれて、出土した板碑《いたひ》のお祓いにいっていた。

わたしはなにも言わなかったけど、和花ちゃんがおかあさんに伝えていたらしく、おかあさんはわたしの部屋に来てくれた。

「金魚が死んだんだってな。供養してあげような。」

「うん。」

わたしたちはいっしょに一階に下りた。台所ではおとうさんがカレーを作っていた。和花ちゃんのリクエストだ。ガラス戸越しにおかえりと声をかけてから、おかあさんのあとについて夕暮れの庭に出た。空はまだ明るかったけど、足許は暗くなっていた。お墓の上に供えた牛殺しの白い花だけが、ぼんやりと輝いていた。

　おかあさんはお墓の前にしゃがんで手をあわせ、金魚のためにお経をあげてくれた。わたしもいっしょに手をあわせた。

　少しばかり長くなった日もすっかり沈んだころ、おかあさんのお経が終わった。ふたりで並んでしゃがんだまま、金魚の墓をみつめた。

「おかあさん、おかあさんは動物はみえないの？」

「頼まれたらみるよ。いなくなった猫や小鳥をな。」

「金魚は死んで、どこにいったのかなあ。」

「それはわかんねえなあ。」

　おかあさんはいつもに似ず、静かな優しい声で続けた。

「でもはるちゃんがおぼえてたら、金魚ははるちゃんといっしょにいるっつうことになるんじゃねえ？」

「そうかな。」

　わたしは目を凝らして、薄闇の中の白い花をみつめた。

「でもわたしには、もう金魚はどこにもいなくなったみたいに思える。」

傍らの姥目樫の枝から、なにかの鳥が飛びたつ音がきこえた。

「だって、ほんとにもうどこにもいないんだもん。」

おかあさんはなにも言わなかった。しばらくして立ちあがると、明るい声で言った。

「もううち入ろう。カレーのいいにおいだ。」

わたしも立ちあがり、おかあさんのあとを追った。


夕餉《ゆうげ》の席に、久しぶりに家族がそろった。和花ちゃんは、顔色こそすぐれなかったけど、にこにこしてカレーを食べた。

「おとうさんのカレーはおいしいね。」

「あんた食べすぎちゃだめだよ。ろくに食べてなかったんだから。」

おかあさんがたしなめた。和花ちゃんはおかわりしかねない勢いだった。

「和花……おまえ、みえたんだってな。」

おとうさんがカレー皿にかぶさったまま言った。

「おとうさんが事故するの」

「もうちょっとはやくみえてたらね。意味なかったね。」

「意味はないもんだよ。」

もう食べおえたおかあさんが鋭く言った。

「先のことみえたって、どうせなんにもできない。人助けするって気持だけ。あたしらにはなんにもできない。なにかできるのはそのひとだけ。意味なんてない。むなしいもんだよ。」

「でもたいしたもんだ。」

おとうさんは顔を上げておかあさんを見た。おかあさんは和花ちゃんを見ていた。

「そんなの、できるひとにはできる。あんたは祈祷師になるんだよ。こんなことで浮わついてて、ろくな祈祷師になれるわけねえ。」

おかあさんの言葉は厳しかった。和花ちゃんはうつむいた。

「ちょっと調子いいからってこんなに食べて……おしらしはまだまだこんなもんじゃねえんだよ。」

おかあさんがこんなにきついものの言い方をしたのをはじめて見た。おかあさんが懸けているもの、和花ちゃんの望むもののすさまじさをあらためて思わされた。

「赤ちゃんの声に耳をすましなさい。あんたは逃げてんだよ。」

和花ちゃんは椅子を蹴って立ちあがった。

「逃げてなんかない。」

そのまま二階に駆けあがっていった。

「せっかく和花ちゃんよくなったのに」

わたしはつぶやいた。おかあさんは和花ちゃんのカレー皿を流しに運んだ。

「あんなの、今だけだよ。調子にのって」

おかあさんは吐きすてるように言った。

「それより、おとうさん、はるちゃんの金魚が死んだよ。」

おかあさんの言葉におとうさんははっと水槽を見た。もうプクプクもひきあげて、水が張ってあるだけだ。

「春子さんの思い出だったのに」

おかあさんは流しにむかったまま言った。おとうさんは口を半分開けていた。その様子に、おとうさんにとっても、金魚はいなくなったひとの形見だったことがわかった。

「あんなに大事にしてたのに」

「寿命だったんだな。」

おとうさんがわたしを見た。わたしはうなずいた。

ほんとに、金魚だけがお母さんの思い出だった。わたしはお母さんの顔すらおぼえていない。

朝から、冷たい雨が降っていた。

いくら冷たい雨でも、雨が降ると水行は楽になる。はじめから体がぬれていれば、盥の水の冷たさも、いくらかゆるむように思う。

「なんみょうほうれんげえきょうなんみょうほうれんげえきょう」

昨日埋めてやったばかりの金魚の墓も雨にうたれていた。牛殺しの花房に、大きなしずくがひっきりなしにはねる。わたしの襦袢の裾からしたたる水のように。

おとうさんが盥の始末をしている間に、裏口から浴室に駆けこんだ。駆けこもうとした。でも、そこには和花ちゃんがいた。パジャマのままで、シャワーをあびていた。

「和花ちゃんどうしたの？」

わたしは体が冷えきっているのも忘れて、扉を開けたまま、立ちつくした。浴室は、すえた匂いで満たされていた。カレーの匂いだ。もともとは、カレーだった匂いといってもいい。

和花ちゃんはわたしをふりかえりもせず、いきなり膝を折って、床に倒れこんだ。シャワーの湯が浴室中に散る。

「おかあさん。おとうさん。」

わたしは叫びながら和花ちゃんの体の上にかがみこんだ。和花ちゃんは床のタイルに頬をつけたまま、嘔吐しようと肩をびくりびくりと痙攣させている。でも、なにも出てこない。吐きつくしてしまったんだろう。

「倒れちゃった？」

おかあさんが廊下から入ってきた。おとうさんもびしょぬれのまま裏口から上がってきた。

「一晩中吐いてたらしいんだよ。調子にのるから……」

わたしが動転して腰が抜けてしまいそうなくらいなのに、おかあさんは横たわる和花ちゃんの上でなおも言いつのる。

「こんなもんじゃねえ。こんなもんですむもんじゃねえ。」

「ひんじゃうよ。」

わたしは涙と鼻水でまともにしゃべれなかった。和花ちゃんは経血も流れているらしく、シャワーの湯はうす赤い渦をまきながら排水口にすいこまれていく。

「わかちゃんひんじゃうの?」

「おとうさんそっちもって。」

おかあさんはわたしにこたえもせず、和花ちゃんを脱衣所にひきずりあげた。和花ちゃんは気を失っているらしく、ぴくりとも動かない。三人がかりでパジャマを脱がせ、体を拭きはじめると、左の鼻の穴からつつつと血が流れだした。

「二階には無理だろ。」

「おまえの部屋だ。」

おとうさんが和花ちゃんの脇の下を持ち、おかあさんが膝に手を入れ、和花ちゃんを浴室の前のおかあさんの部屋に運びこんだ。わたしも手伝おうとしたけど、まだ濡袢からは水がしたたっていることに気づき、脱衣所に踏みとどまった。でもおとうさんだって褌《ふんどし》のままだった。廊下には大きな水たまりができた。

水浸しにすることをためらったんじゃない。ほんとはこわかったんだ。あんな和花ちゃんを見ているのが。

着替えをすませ、廊下を雑巾で拭いた。和花ちゃんの寝ている部屋は拭かなかった。


学校なんてどうでもよかった。和花ちゃんのおしらしのこと、金魚が死んだこと、ひかるちゃんがばけものをやめようとしてること。いろんなことがわたしを圧倒した。わたしを圧倒し、わたしの見るもの、きくものすべてから色を奪った。でも、学校はなにもかわらなかった。もともと、色がなかったのだ。みんなの着ている制服の紺と白、校舎の卵色、黒板の黒。

卒業式が近かった。午後の授業は卒業生を送る会になった。わたしたちのクラスは『贈る言葉』を歌った。歌ったり、話したり、歩いたり、食べたりしている自分が自分とは思えなかった。もうひとりの自分が、ふだんどおりに暮らしている。ほんとの自分はそれを見ている。すごいなあ、と感心しながら。今まで、こんなこまごましたことをどうやってこなしてきたんだろう。久美ちゃんと山中くんの思わせぶりなわらい声も、たえちゃんや恵子ちゃんの仲間入りの誘いも、もうどうでもいいことなのに、わたしはいちいちわらってみせたり、うなずいたり、首をふったり、言いわけを考えたりしてる。

でも、どんなにめんどくさくても、このまま学校にいたかった。おしらしを受けて苦しむ和花ちゃんを見たくない。うめき声をききたくない。

久美ちゃんを先に帰らせ、卒業式の準備を手伝った。胸につけるリボンを数えたり、記念品を箱につめたりしていれば、なにも考えなくてすむ。

ほんとはいっしょに帰りたくないんでしょ、やっぱりあたしのことがきらいになったのね、と泣きじゃくってみせる久美ちゃんをなだめるのも、うちに帰るよりはよほどましなことだった。今日だったら、いつまでも久美ちゃんの少女まんがにつきあってあげられたのに。

すっかり日が暮れてからうちに帰った。

生垣まで来ると、たくさんの話し声と、わらい声がきこえた。祈祷所だ。でも信者さんじゃない。近所のひとたちでもない。話し声ははなやぎ、わらい声は高かった。

「おかえりなさい。」

「妹さん？　お名前は？」

「かわいいね、おかえりなさい。」

「あ、あたしと中学おんなじだね。おそかったね。」

「部活やってるの？」

「和花にそっくり。」

一斉にかけられた声に、わたしは祈祷所の前で立ちすくんでしまった。

「おかえり。和花ちゃんの学校のお友達が来てくれたんだよ。」

一番奥からおかあさんが顔を出す。今日ばかりはおかあさんの大声もわらい声も目立たない。

「お見舞いにきてくれたんだよ。」

和花ちゃんと同じ制服を着たひとばかりだ。わたしには二十人もいるように思えたけど、座敷に上がってむかいあうと、六人しかいなかった。ひとりだけ、男のひともいる。

「もうそろそろ、おじゃましないと。」

「うわあ、こんな時間。」

「和花に会わないまんまで帰るの?」

「しょうがないでしょ。」

「そうだよ。寝てるんだから。」

「おばさん、ほんとにおじゃましました。」

ひとりが立ちあがった。つられてみんな立ちあがる。

「ほんとにごめんな。」

おかあさんも立ちあがった。

「みなさんのこと、和花に言っとくから。喜ぶよ。ほんとにごめんな。顔も出せねえで。」

「いいんです。具合わるいんだから。」

「でも、心配ですね。」

「ほんとに早くよくなってくださいね。」

「和花がいないとさびしくって。」

「工藤《くどう》が一番さびしいんだけどね。」

工藤というのは男のひとの名前らしい。みんな吹きだしてわらったのに、男のひとだけ、きまりわるそうにうつむいていた。

「ほんとにありがとな。気をつけて帰ってな。」

わたしとおかあさんは生垣まで見送りに出た。わらい声が畑のむこうになってから、わたしはおかあさんの顔を見た。

「いい子たちばっかりだな。和花はしあわせものだ。」

おかあさんは遠ざかるわらい声に目をこらしながらつぶやいた。

「おかあさんには友達なんかいなかった。」

おかあさんの声はささやくようだった。おしらしを受けたとき、おかあさんは、夫にも夫の家族にも気味わるがられ、追いだされた。

「和花ちゃんは……」

「先生に点滴してもらったから、だいじょうぶ。でも、見ねえほうがいいな。まるで別人だから。あの子たちにも、寝てるって言って、会わせなかった。和花ちゃんも、きっと、見られたくねえと思う。」

「寝てるの?」

「寝られればいいんだけどな。赤ちゃんの泣き声でいっぱいだよ。いいんだよ。おしらしきたら、寝るなんて、どうせ無理だから。」

「和花ちゃん、死なないよね。」

わたしは朝言ったことをくりかえした。おかあさんはわたしをふりかえり、にやっとわらった。

「死んだほうがましだって、思ってると思うよ。和花ちゃんはな。」

そして目をそらした。

「でも絶対死ねない。神さまが死なせてくれない。」

そのとき、かいんどんのおばあちゃんが、榎の下からあらわれた。

「こんばんは。」

「こんばんは。いっしょにお題目上げようか。」

おかあさんは、半分に折れたかいんどんのおばあちゃんをかばうように、うしろからついて祈祷所に上がっていった。じきに鉦の音がして、線香の匂いがただよってくる。

「なんみょうほうれんげえきょうなんみょうほうれんげえきょう」

おかあさんの太い声がひびく。かいんどんのおばあちゃんの声はきこえない。でも神さまには、きっと、きこえている。

おなじ神さまが、和花ちゃんを苦しめている。

真夜中だった。

階段を転がり落ちるような激しい音に目をさました。

とっさに地震かとはねおきた。

階下から、うめき声が高くきこえてくる。切れ間なく、体をしぼりあげるように苦しげな声がきこえてくる。

和花ちゃんだ。

わたしはパジャマのまま、カーディガンをはおるのも忘れて部屋をとびだした。祈祷所への渡り廊下のガラス戸がひらかれたままになって、祈祷所に明かりがついていた。

祈祷所の座敷に和花ちゃんがうずくまっていた。体をねじってうめいている。おかあさんが数珠を持って立ち、お題目を上げている。おとうさんはストーブに火を入れていた。

和花ちゃんのうめき声のつづく中、おかあさんはふっとお題目を上げるのをやめた。

「だれがきた。」

和花ちゃんは畳に額をすりつけた。

「鬼子母神さま。」

乱れた髪の毛の下、和花ちゃんははっきり言った。

「なんておっしゃった。」

「救いなさい。」

和花ちゃんは額を横にふりながらあえぐように声を出した。

「この子たちを、救いなさい。」

和花ちゃんは頭を両手でおさえた。悲鳴に近い声で叫んだ。

「赤ちゃんが泣いてる。」

「もう泣いてない。」

おかあさんはどなった。

「あんたが助けるから、もう泣かない。」

おかあさんは和花ちゃんの頭を数珠を持った手でおさえつけた。いつのまにか、おとうさんはその足許でお題目を上げていた。

「あんたがみんな助ける。」

おかあさんはくりかえした。でも和花ちゃんはその手を逃れて祭壇のほうに転がった。

わたしはだれにも気づかれないうちに部屋にもどった。

とうとう和花ちゃんは、神さまの声をきいた。


部屋にもどってから、わたしはしばらくぼんやりしていた。ベッドに腰掛けたまま、深夜の冷気に身をまかせていた。

和花ちゃんは、今夜、祈祷師になる。祈祷師の娘に生まれ、祈祷師の家に育ち、祈祷師になることを望んで、祈祷師になる。体の弱ったおかあさんにかわって、立派な祈祷師になる。

わたしは、もう、この家にはいらなかった。明日からは和花ちゃんがおとうさんといっしょに水を浴びるだろう。

わたしは部屋を出て、一階の廊下の奥のおとうさんの部屋にしのびこんだ。本も読まず、これといった趣味もないおとうさんの部屋はがらんとしている。さっきまで寝ていたらしい布団が敷いてあるほかは、ただ、机と椅子があるだけだった。

わたしはおとうさんの机の抽斗をあけた。三段目の抽斗まで筆記用具や帳簿、教本なんかが入っていた。一番下の抽斗をあけると、赤い表紙のアルバムが入っていた。それを取りだすと、その下には葉書と封書の束があった。差出人はどれも同じだった。室井《むろい》春子。お母さんの名前だ。

時折、一年に二、三回、おとうさんにお母さんから手紙が届くことをわたしは知っていた。おとうさんは新聞に挟んでさりげなく部屋に持っていく。わたしは郵便受けにみつけたその手紙を、いつもこっそり読んでいた。葉書だけだったけど、お母さんが東京に住んでいて、新しい家族といっしょにいることだけはうかがい知れた。わたしが知っていることをおとうさんもおかあさんも気づいていたと思う。でもだれもなにも言わなかった。わたしも言わなかった。

　わたしは消印を確かめて、一番新しい、三ヶ月前に届いた葉書をえらぶと、あとの手紙を抽斗にもどし、アルバムをもとどおりその上に重ねて、抽斗を閉めた。

　部屋に帰ると、葉書を枕の下におしこんだ。ベッドに横になって、頭の上まで布団をかぶって目をつむった。

　わたしは、懸命に、お母さんのいたころを思いだそうとしていた。それはとても難しいことだった。ほかの情景ははっきりと思いうかぶのに、お母さんの顔だけがぼやぼやと形を失って、なにがなんだかわからなくなってしまう。

　どんなに深く布団にもぐっても、祈祷所から和花ちゃんのうめき声とおかあさんのお題目がきこえてくる。

　うとうとしかけたころには消防車のサイレンがきこえてきた。小学校のほうだ。思いながらわたしは眠っていた。

夜が明ける前にわたしは目をさました。起きあがって一番いい服に着替えた。月参りのときに着る紫色の毛糸のワンピースだ。寒いのでコートも脇に抱える。忘れちゃいけないのが枕の下のお母さんの葉書、お財布。

窓の外で鳥が鳴いた。急がなくちゃ夜が明けてしまう。

家の中はしんとしていた。和花ちゃんも安らかに眠っているらしく、うわ言はきこえなかった。祈祷所も暗かった。和花ちゃんは、晴れて、祈祷師になれたんだろう。

わたしは勝手口から家を出た。玄関の格子戸は音がうるさい。勝手口のドアもそっと閉めた。家の中の空気が動かないように。

駅まではかなりある。利根川を渡って、隣町までいかなきゃいけない。わたしは和花ちゃんの自転車に乗っていくことにした。

下の店の前を通りすぎるころには夜が明けた。小学校のそばまで来ると、ひとの話し声がした。ぶすぶすと煙が上がっている。窓や玄関がまっくろになった家があった。ゆうべの火事はここだったらしい。ひかるちゃんの言った通りだ。ひかるちゃんがクレヨンで塗っていた、明るい赤を思いだした。おとといの夜、おかあさんが和花ちゃんに言ったこともいっしょに思いだした。先のことみえたって、どうせなにもできない。そのうえおかあさんは言った。むなしいもんだよ。

火事場なんて、香取さまが焼けたとき以来だから見ていきたかったけど、こらえた。どこで知ってるひとに会うかわかったもんじゃない。

利根川を渡る。川面はもやでまっしろだった。水行のときと同じ、白。もうわたしが水行をすることもない。

駅の駐輪場に自転車をとめる。駅前の梅の木は、もう終わりかけていた。

わたしは東京までの切符を駅員さんから買って、ちょうどホームにやってきた電車に乗りこんだ。こんなに早い時間なのに、席はあらかた埋まっていた。わたしはドアのそばに立った。吊革は高くて手が届かない。

和花ちゃんと同じ制服を着たひとが何人か乗ってきて、みんな同じ駅で降りた。毎日、こんなに早い時間ではなかったけれど、和花ちゃんもこうして学校に通っていた。でも、今はつかれきって眠っている。起きるのは昼過ぎだろう。明日には学校へいくかもしれない。この電車に乗って。そういえば今日は月参りだ。和花ちゃんのお披露目をするんだろうか。

ぼんやりしてると、柏駅でみんな降りてしまった。電車もとまってしまった。また動きだすかとすわって待ってると、駅員さんが走ってきた。駅員さんはここが終点だと言った。わたしが東京にいきたいと言うと、乗りかえなくてはいけないと教えてくれた。

この駅には一年に何回か出かける大きなデパートがある。このワンピースもそこで買った。あのときにはおかあさんも和花ちゃんもいっしょだった。思えば、わたしがひとりだけで電車に乗るのははじめてだった。

次に乗った電車はたいへんに混みあっていた。ドアのところに立っていたいと思っても、あとからあとから寄せてくるひとの波におされて、車両の真ん中まで来てしまった。吊革には手が届かなかったけどとなりのひと同士ささえあって、楽だった。うまくできてるなあと感心した。

途中の駅ではたくさんのひとが降りた。急にひとりで立たなくちゃいけなくなって心細く思ったら、じきに新しい支えがどっと乗りこんできた。

次の乗りかえ駅までずいぶんかかった。窓の外がビルだらけになってきたのでもう東京も近いと思ったけど、その景色はいつまでもつづく。どこまでも街が終わらない。

わたしはまわりのひとにもたれてうとうとしかけていた。急にその支えがゆれたのではっとした。みんな降りていった。わたしも降りた。上野駅だった。

ホームはものすごいひとだった。大きな階段がひとで埋まっていた。そのひとたちはみんな、ずっと歩きつづけているのに、いつまでもいなくならなかった。いったいどこからこんなにたくさんのひとが湧いてくるんだろう。

わたしは時間をかけて、ようやく京浜東北線に乗りかえた。上野には小学生のころ、みんなで動物園に来たことがある。そのときは駅でこんなに苦労しなかった。おかあさんやおとうさんがいたし、和花ちゃんもずっと手をつないでいてくれた。みんなででかけるとき、和花ちゃんはいつでもわたしのお守役で、一瞬もわたしの手を離さなかった。

次の駅が東京だった。わたしは改札口を出て、明るく広い構内を、交番を探して歩いた。しまいに駅から出て、ようやく交番をみつけた。わたしはふたりの警官の両方に頭を下げてあいさつしてから、ここへいきたいんですと言って葉書を見せた。ふたりの警官はわたしの手許をのぞきこんだ。若いほうの警官はにやりとわらった。悪役みたいな笑いだった。もう一方のおじいさんの警官はここじゃないよと優しく言った。

そのひとの言うには、東京の区というのは市のようなもので、わたしの思っていた区よりもはるかに大きいものなんだそうだ。お母さんの住む区までは、また電車に乗っていかなきゃいけないらしい。

おつかいかね、とおじいさんの警官はきいてきた。わたしは思わずはいと言った。おじいさんは紙に乗りかえかたをかいてくれながら、ぽつぽつしゃべった。東京はいろんなのがいるからね、気をつけるんだよ。どこの駅の近くにも、大抵交番があるから、道はそこできさなさい。交番がなかったら駅員さんにききなさい。わたしははいと言った。

それから二回乗りかえて、ようやくお母さんの住むところの駅に着いた。改札を出ると交番があったので、そこに入って葉書を見せた。

おじさんの警官は立ちあがり、交番を出て、ふりかえり、右手を上げて青いタイルのマンションを指さした。わたしは丁寧に頭を下げて、そのマンションにむかって歩きだした。

葉書の住所は三階の部屋になっていた。わたしはエレベーターを待つ間、どきどきしながら葉書を読みかえした。

万年筆でかかれた整った文章は、ごく簡単な時候のあいさつと近況報告に終わっていた。わたしの名前はどこにもかかれてなかった。ただ最後に、ご家族の皆様もお元気でお過ごしくださいますようお祈り申しあげますとかかれているだけだった。

わたしはその部分を二度読みなおした。皆様の少なくとも三分の一はわたしのことだ。

そこへエレベーターが下りてきて扉をひらいた。うしろで待っていた男のひとが乗りこんだけどわたしは乗らなかった。しばらくすると、また、エレベーターが下りてきた。わたしは乗れなかった。ここまで来て、わたしは動けなくなっていた。

顔もおぼえていないお母さんに会うのはおそろしかった。むこうだってわたしの顔をおぼえてはいないだろう。そんなふたりが再会してなんになるだろう。そしてわたしは、お母さんに会って、どうしたいんだろう。

わたしはいつまでもエレベーターをにらんだまま、立ちつくしていた。いまさらながら、なんのためにここまで来たのかわからなくなっていた。

わたしがぼんやりしてる間にも、いろいろなひとがちらちらとわたしを見ては通りすぎていった。その不審げな視線を避けようと、エレベーターのななめむかいにある階段の、一番下の段に腰掛けた。ここからなら、エレベーターに乗るひとに気づかれずに、エレベーターに乗るひとを眺めることができる。

わたしは頰杖をついた。女のひとのうしろ姿がエレベーターの前に立つたびに、お母さんかもしれないと胸が高鳴った。この鼓動の音を自分でも気づかないようにするために、力をこめて頰杖をついた。

お母さんかもしれない女のひとのうしろ姿は、時には小さなこどもの手をひいていた。みつめていると、なぜかこどもだけは、わたしの視線に気づいたのかふりかえった。そのたびに、そのこどもが、薄闇の中でお母さんを待っていたころの自分なのではないかと思って、ひやりとした。けれどどのこどもも、ふりかえった顔はわたしじゃなかった。

どのくらいの時間がたったんだろう。わたしはおばあちゃんにもらった腕時計を見た。

デジタル式の、おもちゃのような腕時計だ。この時計は、和花ちゃんが小学校に入学した記念に、おばあちゃんがわたしと和花ちゃんにおそろいで買ってくれたものだ。赤紫色と青紫色があり、和花ちゃんは赤紫のほうをえらんだ。そのときわたしもそっちのほうがよかったのに、黙って遠慮したことをおぼえている。和花ちゃんがその時計をしてるのを見るたびにうらやましく思ってたけど、和花ちゃんは一年もしないうちになくしてしまった。それでおばあちゃんが死ぬまで、そのことをかくしていた。わたしは知ってたけど、だれにも言わなかった。なぜかおばあちゃんは知っていた。知っていて、懸命にかくす和花ちゃんがいじらしいと言ってわらっていた。

いつのまにか、このマンションに来てから一時間がたとうとしていた。

わたしはとうとう決心した。階段から立ちあがり、大股でエレベーターの前まで歩いていった。閉じた扉を見据えて立ちどまり、上がってるエレベーターを下ろすボタンをおした。その瞬間、しっかりと立ってるつもりだったのに、くらりとめまいがした。鼻血が出そうにも思って鼻の上をおさえた。こんなことではお母さんのうちの玄関ベルを鳴らすときどうなるんだろうと心もとなくなった。

ふと気づくと、いつのまにか横に立っていたこどもづれの男性がわたしを見ていた。わたしが指で鼻をおさえたまま、その男性のほうを見ると、そのひとはわたしにほほえみかけてきた。

「春永ちゃん？」

「はい。」

反射的に返事をしていた。

「すぐわかったよ。来てくれたの？」

今度は返事できなかった。このひとはだれだろう。おとうさんより若くて、とても優しそうにわらってるし、女の子の手をひいてるから、あやしいひとにも思えない。

「パパ、このひとだれ？」

手をひかれている女の子が言った。三歳くらいだろうか。くるくる巻いた髪の毛をたらして、赤いカーディガンを着ている。

「ママの子だよ。春永ちゃんだよ。パパ、前に話しただろ。」

その言葉に、このひとがだれかわかった。お母さんがいっしょに暮らしている新しい家族だ。と、いうことは、この女の子はお母さんの子だ。わたしの姉妹だ。

「ママに会いにきてくれたんだよ。」

わたしはうなずいた。女の子はふしぎそうにわたしを見上げた。

「どうぞ。ちょうど買物に出てたんです。お昼ごはんにしましょう。」

男のひとは下りてきたエレベーターにわたしと女の子を乗せ、自分も乗りこんだ。

「ぼくはきみのお母さんと二年前に結婚したんです。きみのおとうさんがきみの写真を送ってきてくれたから、きみのことはよく知ってます。」

男のひとは丁寧にしゃべった。言葉の切れ目切れ目に女の子にわらいかけたり、わたしにほほえみかけたりしてくれた。

「その服を着たきみの写真を春子は大事にしてました。だから今日、すぐにわかりました。春子はいつも言ってました。いつか、春永ちゃんが会いにきてくれるって。」

おうちの扉の横の表札には九条《くじょう》とあった。お母さんは今、九条春子になっているらしい。扉の奥からお母さんが出てくると思って、体を固くして身構えたのに、九条さんは呼び鈴もおさず、鍵を出して扉を開けた。

「お母さん、いないんですか？」

九条さんはこたえなかった。

「どうぞ。上がってください。」

しかたなく、わたしはあがりこんだ。南向きの居間は明るい光に満ちていた。

「春子のことはきいてないんですか。」

九条さんは買物袋を台所に運びながら言った。

「あんまり、話さないんです。」

わたしはその背中に言った。

「妹がいたなんて知りませんでした。」

「おねえちゃん、あたしの部屋来て。」

女の子はわたしの服の裾をひっぱった。

「るり、ひとりで遊んでなさい。」

九条さんは台所から出てきた。その手にジュースの入ったコップをふたつ持っていた。

「すわって。どうぞ。」

わたしはすすめられるままに大きな桃色のソファにすわった。九条さんはむかいのひとり掛けのソファにすわった。すぐにるりちゃんがその膝にのぼってきた。

「今日は、学校はどうしたんですか。」

わたしはうつむいた。

「なにかおうちであったんですか。」

「なにもないです。」

わたしは顔を上げた。

「お母さんに会いたくなっただけです。」

「おうちのひとは知ってますか。」

わたしはまたうつむいた。そのとき、ふと気がついた。わたしにそうきくこのひとは、仕事にいかないでなにをしてるんだろう。

「お仕事はお休みですか。」

九条さんは困ったようにわらった。

「ぼくは家でする仕事をしてるんだよ。るりもいるしね。」

「お母さんは？」

九条さんは首を傾けた。口許はわらっているけどなにか困っている顔だった。

「春子はね、いないんだよ。」

九条さんは立ちあがった。るりちゃんものみかけのジュースのコップを置いて、いっしょに立ちあがった。和室との仕切り戸をからりとひらいた。

六畳の座敷にはこのうちに不似合いな、黒光りする仏壇があった。

「春子はね、死んだんだよ。」

仏壇の扉はひらかれ、供えられた桃の花に囲まれて、きれいな女のひとがわらっていた。

「やっと四十九日がすんだところなんだ。」

わたしはすいよせられるように仏壇に近寄った。遺影になったお母さんの顔をじっと見た。カールさせた短い髪、あざやかに白い襟、明るい笑顔……これがお母さんの顔。濃い眉にくっきりと二重の目、薄い唇。わたしは必死になって記憶の中のお母さんに、遺影の顔を重ねあわせようとした。でもなにも思いだせなかった。こんな顔だったような気もするし、ちがってるような気もする。

「交通事故だった。だからなにも残ってないんだ。でもいつも春永ちゃんの話をしてた。」

「おぼえてないんです。」

わたしは九条さんをふりかえった。

「お母さんのこと、なにもおぼえてないんです。」

わたしは泣けなかった。だれか知らないひとが死んだように思った。名前だけ知ってる、でも知らないひと。たとえば、テレビによく出る芸能人とか。

「スパゲッティーを作るよ。」

九条さんははっと気づいたように言った。

「春永ちゃんは好き？　トマトとベーコンのスパゲッティー。」

九条さんは台所に入った。

「るりは大好きなんだ。ぼくはうまいんだよ。」

九条さんはエプロンをかけ、慣れた手つきで料理をはじめた。

「お手伝いします。」

「いい、いい。春子と話してて。」

九条さんは明るく話しつづけた。

「今日は特別、ほうれんそうも入れよう。」

「コーンも入れて。」

るりちゃんがカウンター越しに言った。

「コーンはあわないよ。でも、コーンのサラダを作ってあげよう。」

「わあい。」

るりちゃんはわたしのほうへ走ってきた。

「パパの料理おいしいよ。ママよりおいしい。」

「そうなんだ。」

「ママはなにもできないの。だからおそとで働いてるんだよ。」

「ママ好き？」

「うん。でもね、今ちょっといないの。」

言ったあと、急に目をかがやかせた。

「ママ、おねえちゃんとこいってるの？」

わたしは言葉につまった。とりあえず首を横にふった。

「来てない。」

るりちゃんの顔はさっと曇った。

「どこいっちゃってんだろ。」

　わたしはるりちゃんといっしょに、お母さんの死をかなしみたかった。でもわたしはるりちゃんのようにお母さんの不在をかなしめなかった。死の事実に、その不在も受けいれてしまった。あきれるくらいすんなりと。

　だってわたしにはもともとお母さんがいなかった。

「ママが帰ってくるまでるりがハルの世話しないといけないの。」

「ハル？」

「ハルは手がかかるんだよ。毎日ごはんあげないといけないの。」

　るりちゃんが指さした棚の上には大きな水槽があった。その中に、おととい死んだはずの金魚が泳いでいた。

　わたしは立ちあがって水槽をのぞきこんだ。金魚はわたしになんて気づかないふうに悠然と水の中に浮かんでいる。その態度も、大きさも、色の褪せ具合も、うちの金魚とまったく同じだった。ただ、うろこだけは一枚もはげてなかった。それに気づいてはじめて、この金魚がうちの金魚じゃないことがわかった。

「大きいでしょ。金魚なんだよ。」

　るりちゃんがうしろで言った。

「ハルって、金魚の名前なの？」

「春永ちゃんの名前からとったんだよ。」

台所から九条さんがこたえた。

「春子大事にしてた。家の近くの神社でお祭りがあったときに、春永ちゃんがすくったんだって？」

「はい。」

「すごくちっちゃかったのに、春永ちゃん、二匹もすくったんだって？」

「はい。」

「家を出るとき、その一匹だけ、持ってきたんだって。春永ちゃんのかわりに。」

「おねえちゃん、泣いてる。」

るりちゃんに言われて、はじめて気がついた。わたしはすわりこんで、金魚をみつめたまま、涙を流していた。

「パパ、おねえちゃんが泣いてるよ。」

「そういうときはいいこいいこしてあげるんだよ。」

るりちゃんの小さな手が頭にふれた。

「いいこいいこ。」

髪の毛がくしゃくしゃになるまで、るりちゃんは頭をなでてくれた。


四人掛けのダイニングテーブルを三人で囲んで、遅い昼食を食べた。九条さんのスパゲッティーはほんとにおいしかった。ちょっと麺が固くて、お店で食べるものみたいだった。

「おいしい？」

るりちゃんがわたしの顔をのぞきこんだ。

「とってもおいしい。」

「よかった。」

九条さんがほっとしたようにわらった。このひとは、おとうさんと同じように、料理は上手だしおうちで働いているけど、おとうさんとちがって新聞なしで話ができる。わたしやるりちゃんの目を見て話ができる。わらうこともできる。

「るりはね、ぼくの連れ子なんだよ。」

九条さんは不意に言った。

「わかるかな、ほんとの母親は春子じゃないんだ。もっと前に死んじゃったんだ。」

わたしはるりちゃんの顔をまじまじと見た。てっきり妹だと思っていたその顔を。くるくる巻いた髪の毛はわたしといっしょだ。遺影のお母さんとも、九条さんとも。そしてうちの家族とも……。

「そうですか。」

今度こそ、本当に、わたしには血のつながるひとがいなくなってしまった。でも、似てる。血のつながりってなんだろう。みんな髪がふわふわしてる。でも血のつながりはない。でもみんないっしょに暮らしてる。こうやってごはんを食べてる。

「るりちゃんはコーン好き?」

「うん。」

「じゃあ、おねえちゃんのぶん、あげようね。」

「うん。」

るりちゃんは、わたしを見上げてにいっとわらった。

「パパ、おねえちゃんてママみたい。」

「春子もよくるりの好きなものをあげてたんだよ。」

九条さんはわたしにそう言ってからるりちゃんの脇腹をつついた。

「パパだっていろいろあげてるだろ。」

るりちゃんはくすぐったそうに身をよじってわらった。

食後には、プリンが出た。わたしのプリンの底の絵はきりんだった。るりちゃんのはうさぎで、九条さんのはライオンだった。


食後のあとかたづけを少しばかり手伝ったあと、わたしは帰る仕度をはじめた。

「もう帰ります。」

九条さんはエプロンを外しながらおどろいた。

「もう？」

「おとうさんとおかあさんが心配するから。」

「そうだね」

九条さんはさみしそうにわらった。

「おうちに電話しようと思ったんだけど……きみはおうちに帰るんだね。」

九条さんは足許のるりちゃんの頭をなでた。

「春子の言ったとおりだ。春永ちゃんはおうちにすっかりなじんでるって……つれていけないいって。」

「わたしを？」

「おばあちゃんもそうしたほうがいいって……おばあちゃんとの約束があったから、春子は会いにいけなかったんだよ。」

「わたしに？」

「春永ちゃんが大きくなって、自分から春子に会いたがるようになるまで、会わないって約束をしたんだって。きっとおとうさんもそれがあったから、春子のことも、春子が死んだことも、春永ちゃんには言わなかったんだよ。」

「おねえちゃん、帰っちゃうの？」

るりちゃんが九条さんの足をおした。

「そうだよ。春永ちゃんのおうちは遠くにあるんだ。」

九条さんはるりちゃんを抱きあげた。

「駅まで送るよ。」

駅までの道は短かった。でも、るりちゃんがとびはねて、歌をうたって、石を拾って、草をむしった。

駅につくと、九条さんが柏駅までの切符を買ってくれた。そこから先のは、その駅では買えなかった。でもそのぶんのお金だよ、と言って、五千円札をたたんでくれた。いつのまに用意したのか、乗りかえをくわしくかいたメモや、おみやげのようかん、電車で食べるお菓子やジュースまでまとめて紙袋に入れてくれた。

「おうちには電話しておいたからね。駅で待ってるって。」

「ありがとうございました。」

「こちらこそ、こんな遠くに、春子に会いにきてくれて、ほんとにありがとう。」

九条さんは深々と頭を下げた。

「春子もよろこんでるよ。」

「ありがとうございました。」

わたしももう一度頭を下げた。

「おねえちゃん、帰っちゃうの？」

るりちゃんが、今度はわたしのワンピースの裾をひっぱってきいた。

「そうだよ。」

九条さんはるりちゃんを抱きあげた。

「春永ちゃんはおうちに帰るんだよ。」

「また来る？」

「そうだね、きっとまた来てくれるよ。」

九条さんはるりちゃんの頬を指でつついた。九条さんにもわたしにもわかってた。それは嘘だ。わたしはもう、ここへは来ない。

「でもいいね。」

九条さんがわたしにわらいかけながら言った。

「きみには帰ったらおかあさんが待ってる。」

わたしもつられてほほえんだ。九条さんがそのあとにつづけたい言葉がわかる。るりちゃんにはもう、母親はいない。

「ほんとにありがとう、さよなら。」

九条さんはにっこりわらった。抱かれたるりちゃんもわらって手をふった。

「ばいばい。」

わたしはもう一度おじぎしてから改札を抜けた。ふりかえると、もうふたりは手をつないで歩きだしていた。わたしはそのうしろ姿が人込みにかくれて見えなくなるまで、ずっと立ちどまって見送っていた。

電車にゆられながら、わたしはお母さんのことを思いだそうとしていた。写真だったけど、はじめてお母さんの顔を知ったから、顔のなかったお母さんの記憶に顔を重ねようと思った。

でも、記憶の中のお母さんと写真のお母さんの顔は、どうしてもひとつにならなかった。しゃべってる顔も横顔もわからないから重ねにくいうえに、記憶の中のお母さんがいつも薄暗いところにいて、顔をはっきりさせたがらなかった。

わたしはもどかしさにいらだちながら外の景色をながめた。ついさっきまでビルしか見えなかった窓のむこうは、いつのまにか田園風景にかわっている。家に近づきつつあった。

おかあさんもおとうさんも和花ちゃんも、さぞかし心配してるにちがいない。ひかるちゃんはみんなみてただろうけど、きっと、黙っていてくれてるんだろう。おかあさんは鬼子母神さまにわたしの行方をきいてみたんだろうか。

お母さんのことは思いだせなくても、うちのことはよくおぼえている。はじめて和花ちゃんとふたりきりで電車に乗った日のことや、みんなでディズニーランドにいったときのこと。思いだそうと思わなくてもつぎつぎに浮かんでくる。お母さんが家を出ていった日の記憶だってある。お母さんが出てこない、うちの記憶のひとつとしてなら。

お母さんがいなくなったことを知ったわたしは、あのときもやっぱり泣くこともできずに祈祷所へいった。

祈祷所にはおばあちゃんがひとりですわっていた。広い座敷にはいっぱいにざぶとんが敷かれていた。

わたしはざぶとんの間を縫って、祭壇の前にすわるおばあちゃんのそばまでいった。おばあちゃんは手をあわせてはいたけどなにも唱えていなかった。祭壇にはろうそくがたくさん上がっていて、その一本一本に小さな火がゆれていた。あのころは鬼子母神さまはいなかった。おばあちゃんの神さまがなんだったのか、わたしは知らない。

「おばあちゃん。」

わたしがうしろからよびかけると、おばあちゃんはふりかえってゆっくりわらった。皺の多い顔が丸くなった。

「春永か。」

「おばあちゃん、おばあちゃんはなんでこんなにたくさんざぶとん敷くの？」

おばあちゃんはにこにこしてうなずいた。

「なんでだかわがんねが？　春永には。」

逆にききかえされてわたしはどぎまぎした。おばあちゃんはますますにこにこした。

「春永にはここにはおばあちゃんと春永以外、だあれもいねえようにみえんだろ。」

わたしはあわててあたりを見回した。広い座敷にはざぶとんが何十枚も敷かれてあるだけで、あらためて見直すまでもなく、だれの姿もない。

「おばあちゃんにはだれかいるみたいにみえるの？」

おばあちゃんはわらいながら首を横にふった。

「おばあちゃんにもだれもみえねえよ。春永のかわいい顔は見えっけどもな。」

かわいいと言われてわたしはにこにこした。

「けどもおばあちゃんにはわがんだよ。みえねでも、ここにいっぱい、いろんなひとが来てんのがわがんだよ。」

「春永にはみえない。」

「みえねでいんだよ。おばあちゃんにだってみえねんだがら。そうそう、だれにだってみえねんだよ。んで、いねえことにされちまんだよ。みんなここにはだれもいねってんだ。そんでわすれられちまんだよ。」

おばあちゃんは目を伏せた。かなしそうに見えた。わたしもいっしょにかなしい気分になった。

「けどもだれかがときどき、ほんとにときどきでいんだよ。このひとらのことを思いだしたげてみ。たとえばいま、ここに、おれらがこのひとらのためにざぶとんひいたげんだろ。そしたらこのひとらはここで休めんだよ。」

わたしは広い座敷を見回した。なにもみえないのはかわらなかったけど、たしかにたくさんのなにものかがいるように思えた。

「みえねえのはだれだって同じよ。けどもそのひとらのことをわすれるかわすれねがは大きなちがいだいなあ。」

　おばあちゃんはにっこりわらった。

「春永にはわがったな。」

「うん。」

　わたしは力強くうなずいた。おばあちゃんは目を細めて手をひろげた。

「いい子だな。こっちおいで。」

　わたしはおばあちゃんの膝の上に乗った。おばあちゃんはわたしの肩を抱いてくれた。

「お母さんいっちゃったなあ。」

　わたしはうなずいた。その瞬間、涙がどっとあふれてきた。わたしは声を出さずに泣いた。おばあちゃんはそんなわたしを見下ろしながら、静かに、まるでひとりごとのようにつぶやいた。

「けどもな、人間っつうのはけっきょくひとりで生きでいぐもんなんだかんな、いつかはひとりになるときがくんだよ。そう思ったら春永だって、いまからがんばって生きていけっべ？」

わたしはおばあちゃんの顔を見上げた。おばあちゃんはぶよぶよの指先でわたしの涙を拭ってくれた。

「ほら、いまここに来てるひとらはな、みんなひとりぼっちで生きてんだぞ。春永が思いもつかねえぐれえ。それこそ考えられねえぐれえなげえ時間を。」

わたしはもう一度座敷を見回した。一枚一枚のざぶとんの上にひとりひとりがすわって、こちらを見ているように思えた。そのひとたちがわたしをなぐさめてくれているように思えた。

わたしは泣くのをやめておばあちゃんの顔を見た。おばあちゃんはにこにこわらってうなずいてくれた。

わたしの乗りかえる駅は近かった。日は暮れかけていた。

プラットホームに降りると、改札のむこうにおかあさんが立っているのが見えた。おかあさんはわたしに気がつくと手をふってくれた。わたしも手をふって走っていった。

「おかえり。」

おかあさんはくったくなくわらいかけてくれた。はじめに心配かけてごめんなさいと言おうと思っていたけど、急にてれくさくなってしまった。

「ただいま。」

わたしはやっとそれだけ言った。おかあさんはわたしの手をひいて急《せ》かした。

「早く帰ったげよ。おとうさんも和花ちゃんも待ってるから。」

「わたし、和花ちゃんの自転車に乗ってきた。」

「もう積んだよ。」

白い軽トラックの荷台には、野菜を詰める段ボール箱といっしょに和花ちゃんの自転車が載っていた。助手席に乗りこむと、わたしがシートベルトを締める間もなく、おかあさんは車を発進させた。

「なんでおかあさん、わたしがこの電車で帰るってわかったの？」

「鬼子母神さまが教えてくれたんだよ。」

わたしはうなずいてみせたけど、おかあさんがほんとは何時間もずっと駅で待っていてくれてたことを知っていた。おかあさんはよく、言いたくないことを鬼子母神さまのせいにする。

「月参りはどうしたの?」

「ん? だいじょうぶだよ。もう信者さんは帰った。」

「和花ちゃんは?」

「もうだいじょうぶ。鬼子母神さまの声きいたから。」

わたしは黙ってうなずいた。それはわたしも見ていた。

「火事があったんだよ。」

小学校のそばを通るとき、おかあさんが言った。まっくろになった家の残骸からは、もう煙は上がってなかった。

「ひかるちゃんが言ってた。火事があるって。」

「ひかるちゃんが?」

「教えてくれたの。金魚が死んだことも。でも、もう、言わないんだって。」

わたしは運転するおかあさんと同じように、前だけをみつめた。

「人間になるんだって。」

「なれないかもしれねえな。」

おかあさんはささやくように言った。

「かわいそうに……」

「絶対なれないの?」

わたしが祈祷師になれないのとおんなじ? と、あとにつづけてききたかった。でもきかなかった。答えはわかっていた。

「こればっかりは、神さまのおぼしめしだからな。」

「わたし、なんにもしてあげられない。」

「そんなことない。」

おかあさんの声はどきりとするくらい鋭かった。軽トラックの狭い車内に大きく響いた。

「あんたが一番わかってあげてる。あの子を。あの子の支えはあたしらじゃない。あの子はあたしらなんかよりずばぬけてる。乗りこえるためにあたしらがいるだけ。まして あの子の親はあの子を苦しめてるだけ。あんたが一番」

おかあさんの声は涙がにじんでかすれた。

「あんたは、そういう器をもってる。みんな、あんたに救われてる。」

わたしも泣きだしてしまいそうだった。おかあさんには、みんなわかっていた。わかっていて、黙って見てくれていた。

窓の外に目を移し、話をかえた。

「なんで焼けたんだろうね。あの家も、香取さまも。」

わたしは山中くんの言葉を思いだした。

「おかあさんは知ってるの？」

「香取さま？」

「放火なんでしょ。だれが火をつけたか知ってるの？」

「知ってなんになる？」

おかあさんはわたしを見てほほえんだ。目はまだぬれていた。

「祈祷師は人助けをするんだよ。悪人を探しだすのは人助けじゃない。知ってもだれもいいことない。そうだろ。」

「でも知りたくない？」

「知りたいことは知れないもんだよ。みんなおんなじ。」

沈む間際の太陽があたりに最後の光を投げかけていた。いつのまにか、どこまでもひろがる畑にはやわらかそうな麦が生えていて、そのずっとむこうに見える山の端が、夕空にくっきりと鮮やかに映っていた。


祈祷所にはひかるちゃんが来ていた。

ここのところ、ずっと調子がよかったのに、サワリをしょってきていた。

「ひとつふたつじゃない。」

おかあさんが車を降りながらつぶやいた。座敷をわめきながら転がるひかるちゃんが、庭から見える。こんなに激しいのは、こっくりさんをしたときを除いては、はじめのころ、二年前にしかなかった。

わたしたちが祈祷所に上がりかけたとき、おとうさんと和花ちゃんが渡り廊下から駆けこんできた。おとうさんはエプロンをしたままだった。

「どうしたんですか。なんでこんな」

「わかりません。晩ごはんのあと、外にも出てないのに」

涙ぐんで話すひかるちゃんのママのうしろで、知らない男のひとが、ひかるちゃんを力ずくではがいじめにしていた。

「おとうさん、そんなことしたって、むだです。」

ひかるちゃんはわめきながら足をふりまわし、父親の大きな体を蹴りとばし、座敷を這って逃れた。その足首をおかあさんがつかむ。

「なんみょうほうれんげえきょうなんみょうほうれんげえきょうなんみょうほうれんげえきょう」

ひかるちゃんは、逃れようとしたかたちのまま、動かなくなった。肩が大きくゆれている。全身で息をしていた。

「なんみょうほうれんげえきょうなんみょうほうれんげえきょうなんみょうほうれんげえきょう」

和花ちゃんが木剣を持ってきておかあさんに渡した。おかあさんが木剣を持って立ちあがった。和花ちゃんとおとうさんがその両脇に正座してお題目を上げる。おとうさんはまだエプロンをしたままだったけれど、だれもそんなことに気を留めなかった。

「なんみょうほうれんげえきょうなんみょうほうれんげえきょう」

「なんみょうほうれんげえきょうなんみょうほうれんげえきょう」

おとうさんと和花ちゃんのお題目の間で、おかあさんが木剣をふるう。おかあさんの掛け声は鋭く、ひかるちゃんが切られてしまいそうだ。でもひかるちゃんはぴくりともしない。唇からあふれた涎は、音もなく畳の目にそってひろがっていく。

ひかるちゃんのママは両手をあわせていっしょにお題目を上げようとした。その手をひかるちゃんのパパがひっぱり、手をあわせさせまいとする。このひとは、この期に及んでもまだあきらめようとしていない。ひかるちゃんの苦しみにくらべて、あまりにちっぽけな自分のなにかを守るために。

わたしはそっとその場を離れた。激しいサワリだったけれど、この調子ならもうかえしてしまえそうだ。ひかるちゃんが強くなったからなのか、めずらしくおかあさんに助太刀する和花ちゃんの力が強くなったからなのかわからないけど、以前のように何時間もかかるということはなさそうだ。

わたしは自分の部屋に入り、机の抽斗にしまっておいた絵を出した。画用紙いっぱいに、赤い色でかきなぐってある。ひかるちゃんの、火事の絵だ。

祈祷所にもどると、ひかるちゃんはもう起きあがっていた。まだ意識はもどらないらしく、垂れた頭はふらふらとゆれている。膝をかかえて座敷にすわっている。ひかるちゃんのママがうしろから抱きかかえている。おかあさんも和花ちゃんもおとうさんも、ひかるちゃんにむかいあってすわり、お題目を上げている。ひかるちゃんのパパは、と見ると、上がり框《かまち》に腰を掛けていた。こちらには背をむけている。

「ママ?」

絶えいりそうに弱々しい声が髪の毛の間からもれた。

「ひかる?　だいじょうぶ?」

ひかるちゃんのママがひかるちゃんの顔をのぞきこんだ。ひかるちゃんの意識はもどった。おかあさんたちもお題目を上げるのをやめた。

「ひかる、だいじょうぶか?」

ひかるちゃんのパパも駆けよってくる。

「どうしたんだ?　パパびっくりしたよ。」

「ほんとうにありがとうございました。」

ひかるちゃんのママが畳にさらさらの髪をたらしておじぎした。

「ありがとうございました。」

ひかるちゃんのパパも頭を下げた。

「でも、どうしたんでしょう。もうよくなってきたというお話でしたよね。家の中にいたのに。」

「それはひかるちゃんが一番よくわかってると思います。」

おかあさんは、まだうつろなひかるちゃんの目をまっすぐに見た。

「ね、ひかるちゃん、無理したね。」

まるでおかあさんが火をともしたみたいに、ひかるちゃんの目にさっと光がもどった。きまりわるそうにおかあさんの視線を逃れ、うつむいた。

「どういうことですか。」

「無理したんですよ。ひかるちゃんは、ふつうの子になろうとしたんです。モノがみえても、みない。きかない。でも、そんなこと、まだひかるちゃんにはできませんから。いっぺんすべてをはらいのけてからじゃないと。すべてを認めて、はらいのけてからじゃないと。」

息をとめるの、というひかるちゃんの言葉を思いだした。ひかるちゃんは、ずっと息をとめようとしたんだ。それでかえって、のっかられてしまった。

「そうだよね、ひかるちゃん。」

おかあさんにほほえみかけられて、ひかるちゃんはおどおどとうなずいた。

「よくわからないんですけどね。」

ひかるちゃんのパパが頭をかきながら口を挟んだ。

「まだまだかかるってことですか。」

「おとうさん、おかあさん、認めたくないの、わかります。」

おかあさんは膝でにじり寄った。

「なんみょうさんなんかに関わりあいを持ちたくないというお気持、よくわかります。」

見透かされて、ひかるちゃんのパパもママもおかあさんから目をそらした。わたしは体中があつくなった。ひかるちゃんが意識がかえってはじめて求めたのはママだった。いつもママだ。それなのに、ひかるちゃんは、そのママに認められていない。

「ひかるちゃん、ばけものやめなくていいよ。」

わたしは言っていた。言った勢いで、みんなと並んで膝をつき、持ってきた絵をひろげた。

「おばさん、おじさん、これ、ひかるちゃんの絵です。」

畳の上で、クレヨンの火が燃えあがった。

「何日か前に、ひかるちゃんがかきました。ゆうべの火事、ひかるちゃんにはわかってたんです。でも、わたしはそれをかくしたほうがいいと思いました。だからわたしが持って帰りました。おばさんもおじさんもひかるちゃんのこと気持わるいって思うと思ったからです。ばけものって。」

「ばけもの？」

「ひかるちゃん、学校でばけものって言われたんです。気持わるいって。だからばけものやめようとしてたんです。息とめて。」

「ああ。」

おかあさんが腑《ふ》に落ちたという顔でうなずいた。

「わたし、祈祷師の娘です。祈祷師の娘でずっと祈祷師になりたかったけど、神さまが選んだのは和花ちゃんでした。ひかるちゃんの力がうらやましかった、ずっと。わたしはばけものになりたかった。」

わたしはひかるちゃんのママとパパから目をそらし、ひかるちゃんをみつめた。

「でもなれないの、わかった。きっとこの世にはどうしてもだめなことってある。でも、でもねわたしはずっとひかるちゃんの味方だから。」

「うん。」

ひかるちゃんはうなずいた。口許は、わらってるように見えた。おかあさんはしゃくりあげて泣きだした。

「そう。そうなんだよ、はるちゃん。」

わたしはひかるちゃんのママとパパのほうへむきなおった。

「おばさん、おじさん、ばけものでいいよって、言ってあげてください。ひかるちゃんに必要なのは、ほんとに必要なのは、ほんとはこんなことじゃないんです。」

ひかるちゃんのママは頭を下げた。さらさらと流れた髪は、丸くひろがって、動かなくなった。ひかるちゃんのパパは、目を赤くしてうつむいた。両膝にのせられた握りこぶしはかたかたとゆれていた。

ひかるちゃんたちが帰ってから、おとうさんの用意してくれた常夜鍋をみんなで囲んだ。こうやってみんなでそろって食事をするのはとても久しぶりのように思えた。みんなも同じ気持ちらしく、にこにこわらっていたけど、照れたように口数が少なかった。だれも、わたしの家出の話をしなかった。

「ひかるちゃんのママとパパ、ありがとうございますって、ほんとのお礼、はじめてきいたような気がする。」

おかあさんがめずらしく、ぼそっと言った。

「はるちゃんのおかげだね。」

和花ちゃんがやつれた顔をほころばせて言った。

「そうだな。」

おとうさんが相槌をうった。あとは、それぞれが鍋をつつく音しかしなかった。

食事の後、おとうさんの部屋にいって葉書を返した。おとうさんは机にむかったまま黙って葉書を受けとり、すぐに抽斗にしまった。

「黙っててわるかったな。」

わたしは首をふった。

「いいひとたちだったろ。」

わたしはうなずいた。でももう会わない。

「お母さんて、きれいなひとだったんだね。」

おとうさんは苦笑いした。

「だからおとうさんにはもったいなかったんだよ。」

「そうだね。」

おとうさんは静かに二回うなずいた。

「金魚の水槽かたづけておいてくれ。」

わたしはおとうさんの部屋を出た。

台所には和花ちゃんがいて、九条さんにもらったおみやげのようかんを食べていた。
わたしが水槽をかたづけはじめると、手伝うと立ちあがった。ふたりで庭まで運ぶと、
祈祷所の前の水道で、主のいなくなった水槽を洗った。
「体はだいじょうぶ?」

「もうだいじょうぶ。」

わたしたちは黙ってごしごしと水槽を洗っていたけど、不意に和花ちゃんがつぶやいた。

「神さまの声きいた。」

「ゆうべ?」

「鬼子母神さまだった。赤ちゃんいっぱいつれてたみたいで泣き声がわんわんするの。

でもはっきりききこえた。この子たちを救えって」

和花ちゃんは顔を上げた。

「頭がわんわんわんわんして、体が締めつけられるみたいで、救え救えって。水行し
たよ。ほんとに冷たいね。明日からは毎日することになる。はるちゃんはえらかった
ね。神さまの声もきかないで毎日」

「おとうさんもしてたから。」

「祈祷師になる前には行ってするんだって。水行だけじゃなくて、いろんな行して、
真冬に、何日も本山にこもって。今から考えただけでも、ああやだ。」

和花ちゃんはわらってみせた。わたしもつられてほほえむ。和花ちゃんはわたしの

顔を確かめるようにじっと見た。

「お母さん、残念だったね。」

そう言って和花ちゃんはうつむいた。

「せっかく会いにいったのにね。」

「和花ちゃんは知ってたの？　お母さんが……」

「まさか。おかあさんも知らなかったみたいよ。」

「和花ちゃん、わたしのお母さんのこと、おぼえてる？」

和花ちゃんはわたしの顔をおどろいて見た。わたしがかなしそうにしていないのもふしぎなんだろう。

「わたし、なにもおぼえてないんだ。」

「あたしもあんまり……でも、きれいなひとだったよ。なんかね、色が白いの……はるちゃんは黒いね。」

「わたし、うちのおかあさんの子だから。」

和花ちゃんはふふっとわらった。

「今日は、ほんのちょっとだけど、はるちゃんがみえた。」

「ほんと？　なにしてた？」

「女の子に金魚の名前きいてた。」

「金魚の名前きいた？」

「きいたよ、ハルでしょ。春永のハル。そこまでしかみえなかったけど。」

「すごいね。ほんとにみえたんだね。」

「でもほんとにあの金魚の名前、春永のハルなのかな。」

　和花ちゃんは首を傾げた。

「だってはるちゃんのお母さんの名前春子でしょ。自分の名前とって金魚につけたのかもしれないじゃない。」

　わたしはスポンジを持ったまま、吹きだしてわらった。和花ちゃんもわらった。わらい声をきいておかあさんが出てきた。

「いつまでやってんの。洗ったんなら早く入りなさい。」

「はあい。」

　まだわらいながら和花ちゃんが立ちあがった。わたしも立ちあがって玄関に歩きかけたけど、ふと気がついてひきかえした。

供えた白い牛殺しの花を頼りに金魚の墓を探した。花はしおれて、土にかえろうとしていた。

祈祷所のガラス戸が引きあけられる音がした。ふりかえるとかいんどんのおばあちゃんが祈祷所に上がっていくのが見えた。

わたしは金魚の墓の前にしゃがみ、目をつむって手をあわせた。祈祷所から、かいんどんのおばあちゃんが鉦をたたく音がきこえてきた。虫も鳴かない静かな闇を縫って、かあんかあんとすきとおった音が、手をあわせるわたしの耳に、いつまでも響いていた。

本文でつかわれる土地ことばについて山崎正巳氏に貴重な助言をいただきました。（著者）

この作品は二〇〇四年九月に福音館書店より刊行されました。

祈祷師《きとうし》の娘《むすめ》

中脇初枝《なかわきはつえ》

2012年7月5日初版発行

発行者……坂井宏先
発行所……株式会社ポプラ社
〒160-8565 東京都新宿区大京町22-1
電話……03-3357-2212(営業)
03-3357-2305(編集)
0120-666-553(お客様相談室)
ファックス……03-3359-2359(ご注文)
振替……00140-3-149271
フォーマットデザイン 荻窪裕司(bee's knees)
組版 株式会社鷗来堂
印刷・製本 凸版印刷株式会社

乱丁・落丁本は送料小社負担でお取り替えいたします。
ご面倒でも小社お客様相談室宛にご連絡ください。
受付時間は、月～金曜日、9時～17時です（ただし祝祭日は除く）。

ポプラ文庫ピュアフル

ホームページ http://www.poplarbeech.com/pureful/

N.D.C.913/238p/15cm
ISBN978-4-591-13016-2